AF555887

Les Impostures de l'Histoire

Du même auteur aux Éditions Grasset :

Trois faces du sacré
Rachel et autres grâces
La France irréelle
Méditation sur un amour défunt

Emmanuel
Berl

Les Impostures de l'Histoire

Bernard Grasset
Paris

Photo de couverture : © L. Monier/Rue des Archives

ISBN 978-2-246-85400-5
ISSN 0756-7170

Tous droits de traduction, de reproduction et d'adaptation
réservés pour tous pays.

*© Éditions Grasset & Fasquelle, 1959, et 2014
pour la présente édition.*

Emmanuel Berl/Les Impostures de l'Histoire

Emmanuel Berl naît au Vésinet le 2 août 1892 dans la grande bourgeoise juive : « J'appartiens à une de ces familles françaises qui, à la fois restent juives et ne le sont plus. Elles répugnent à la conversion, et elles ne vont plus à la synagogue. » Au lycée Carnot, il rencontre celui qui devient un de ses plus proches amis, Pierre Drieu La Rochelle. Il étudie les Lettres et suit des cours à l'École libre des sciences politiques et au Collège de France, notamment ceux de Bergson, jusqu'à sa mobilisation en 1914. Après l'armistice, il se rapproche des surréalistes, comme Louis Aragon, mais aussi de Marcel Proust et de Jean Cocteau. Il travaille comme critique littéraire pour la revue Europe *avant de fonder, en collaboration avec Drieu, sa propre revue en 1927,* Les Derniers jours. *La même année paraît son premier roman,* La Route n°10 *(Grasset). La notoriété vient avec ses premiers essais; de 1929 à 1931, il publie trois livres consacrés à la bourgeoisie:* Mort de la pensée bourgeoise *(1929),* Mort de la morale bourgeoise *(1930),* Le Bourgeois et l'Amour *(1931). Ses critiques envers l'ordre bourgeois sont si virulentes qu'on l'accuse d'être communiste, ce qu'il n'était pas et ne sera assurément jamais. En 1932, Gaston Gallimard lui offre la direction de* Marianne, *hebdomadaire de gauche où écrivent des écrivains de tous bords politiques, Malraux, Kessel, Bernanos, Montherlant, Simenon. Le journal sera un des plus fervents soutiens du Front populaire et un des plus ardents opposants à une intervention française dans la guerre d'Espagne. À la fin des années 1930, inquiet des tensions entre la France et l'Allemagne, Berl dénonce le bellicisme des nations européennes et s'affirme pacifiste : « Oui, c'est possible que l'Allemagne attaque la France et nous ne devons jamais renoncer à faire précisément en sorte que l'Allemagne ne nous attaque pas. » Il quitte* Marianne *pour fonder un hebdomadaire pamphlétaire pacifiste,* Pavés de Paris *(1938), où il soutient le gouvernement Daladier et les accords de Munich. Après la défaite, il écrit deux discours (du 23 et 25 juin 1940) pour Pétain, avec la formule aussitôt triomphale et qui collera à Berl toute sa vie : « La terre, elle, ne ment pas. » Plus pacifiste que vichyssois, malgré ce discours malheureux, Berl n'a pas collaboré. Après la Libération, il se consacre à la littérature et à l'histoire, publiant notamment une* Histoire de l'Europe *(tome 1, 1945 ; tome 2, 1947 ; le tome 3 posthume, 1976) et une autobiographie,* Sylvia *(Grasset, 1952). Dans* La France irréelle *(Grasset, 1957), il critique les choix politiques de la France de l'après-guerre. Comme toujours ami avec des intellectuels de droite comme de gauche, il fréquente aussi bien Albert Camus que Pierre Boutang ou le jeune Patrick Modiano, qui publiera en 1976 leurs conversations sous le titre* Interrogatoire. *Emmanuel Berl meurt le 21 septembre 1976.*

Avec Les Impostures de l'Histoire, *paru pour la première fois en 1959, Emmanuel Berl revient sur des événements historiques majeurs auxquels il donne une nouvelle interprétation. Cléopâtre, loin d'être « une fille du Nil entourée de magiciens » était la descendante d'une des plus grandes familles de Grèce et une politicienne hors pair bien plus qu'une séductrice ; Charles Martel n'est pas allé à Poitiers pour arrêter les Arabes, mais pour soutenir l'allié d'un sultan musulman ; la guerre de Charles VIII, roi de France, contre le royaume de Sicile, considérée par tous les historiens comme un fiasco, a été une succession de victoires; le discours de Robespierre le 9 Thermidor, qu'on présente comme la raison de sa chute, a été acclamé.*

Les falsifications les mensonges et les légendes, très peu pour Berl. Sa pensée très personnelle, plus proche de celle d'un écrivain que d'un historien, regarde les faits en dehors de toute habitude, contre toute doxa. « Rien donc n'empêche l'historien de mentir. Et tout par ailleurs l'y pousse. Dans le domaine enchanté où il travaille, les mêmes causes qui surexcitent l'intérêt, développent l'imposture. Chaque siècle ajoute ainsi à l'histoire une nouvelle cargaison d'impostures. » Emmanuel Berl se fait ici le contestataire ironique de l'histoire, et ce n'est pas pour rien que, comme le remarque Charles Dantzig dans son Dictionnaire égoïste de la littérature française, *il a été l'éditeur, dans la collection de la Pléiade, des* Mélanges *de Voltaire.*

Introduction

La situation de l'histoire et de l'historien est bien paradoxale. Jamais l'autorité de l'histoire n'a été plus forte. On dit : « L'histoire veut… » comme on disait jadis : « Tel est le bon plaisir du roi… »

Renan, naguère, suppliait les sciences de la nature de laisser une petite place à l'histoire et aux « pauvres petites sciences morales ». Aujourd'hui, comme les sciences sont moins assurées du déterminisme, c'est tout juste si elles n'admettent pas la prééminence de l'histoire, quitte à la baptiser *évolution*.

Mais d'autre part, les historiens n'ont jamais été moins sûrs de leur fait, moins affirmatifs, plus méfiants. Ils n'ont même pas répondu aux objections que leur faisait Valéry, voici plus de vingt-cinq ans, quand il leur reprochait de choisir, à leur gré, parmi les faits, ceux qu'ils proclament *événements* : la mort de Louis XIV, par exemple, et non pas telle découverte technique ou artistique. Sacha Guitry disait que l'année 1871 avait été une belle année pour la France, parce que c'était celle où Manet avait peint son *Balcon*.

Sans aller si loin, les historiens eux-mêmes admettent que l'événement est une donnée incertaine, mais ils ne peuvent s'en passer. Ils rêvent d'une histoire qui ne serait pas « événementielle ». Mais est-ce plus qu'un rêve ? Ils considèrent avec scepticisme leurs héros, leurs chronologies. Ils savent que les « sources » auxquelles, patiemment, ils remontent, ne sont jamais pures : le témoignage est suspect par cela seul qu'il n'a pas été étouffé et la pièce d'archives est suspecte par cela seul qu'elle n'a pas été détruite.

À ces difficultés permanentes, qui tiennent à la nature même des choses, s'en ajoutent de nouvelles. Débordé par les innombrables découvertes de l'archéologie, contraint de ranger cet énorme bric-à-brac, l'historien est amené à faire l'histoire des civilisations, pour éviter que l'histoire devienne une branche de l'archéologie : la Chine des archéologues s'étend sur une durée beaucoup plus longue que celle des annalistes.

Non seulement l'archéologie, mais la conjoncture ramène ses pensées vers les civilisations. Nous avons appris qu'elles sont mortelles et nous voyons que la nôtre – nécessaire à la subsistance d'une humanité de plus en plus nombreuse – est de plus en plus menacée par les engins qu'elle-même produit.

Il semblerait donc que l'histoire des cultures doive se substituer à celle des nations. On pourrait d'autant plus le croire que Spengler et Toynbee ont ouvert, par des livres magistraux, les voies de l'histoire nouvelle. Mais les historiens n'ont pu s'y engager, parce que les passions nationalistes n'ont rien perdu de leur véhémence, quoique le souci de la civilisation s'impose davantage à la raison.

Toynbee explique que, avec la meilleure volonté, il ne pouvait pas entreprendre une *Histoire d'Angleterre* puisqu'il se trouvait tout de suite renvoyé aux Celtes, aux Romains, aux Danois, aux Normands. Mais, sans l'avoir réfuté ni même contredit, on n'en persiste pas moins à écrire, à enseigner des histoires d'Angleterre, de France, d'Allemagne, d'Italie, etc.

C'est que les historiens se sentent plus à l'aise pour écrire les histoires des États que pour écrire celle des civilisations.

En effet, l'histoire politique se répète, elle raconte toujours les luttes, au-dedans, pour le pouvoir et, au-dehors, pour la prépondérance. Ces luttes naissent toujours des mêmes ambitions, et les hommes qui les livrent recourent aux mêmes recettes dont le nombre est restreint ; à toutes les époques, dans tous les pays, l'ambitieux cherche à s'emparer des instruments du pouvoir et les obtient par la faveur du clergé, par celle du peuple, par celle des grands ou par celle du prince, suivant que le régime est théocratique, démocratique, aristocratique ou monarchique. C'est en ce sens qu'on peut parler des leçons de l'histoire. Les révolutions d'Athènes ressemblent à celles de Rome, César s'inspire de Marius et Napoléon de César.

Les civilisations, au contraire, se définissent par leurs différences. D'un Chinois de l'époque tchou, d'un Égyptien de l'ancien empire, d'un Indien de l'époque inca, les historiens savent d'abord qu'ils ne pensaient, ne sentaient, ne vivaient pas comme eux.

Spengler nous avertit que nous ne pouvons pas comprendre l'hellénisme, au moment même où il s'efforce de nous l'expliquer. Il a raison : déjà, nos propres cathédrales nous déconcerteraient si elles redevenaient blanches, un temple grec encore plus, avec ses statues encaustiquées et dorées qui cachaient si soigneusement leur marbre.

Je me rappelle avoir entendu, sur le quai de Lucerne, une petite fille dire à sa mère, en montrant le ciel tout chargé de nuages : « Tu vois, ce qu'on ne voit pas là, c'est le Righi ! » Ainsi parle l'historien des civilisations.

On comprend trop que cette situation lui pèse et qu'il préfère revenir à l'histoire politique. Il le préfère d'autant plus que l'idée de civilisation est aussi confuse qu'obsédante. On parle de civilisation chrétienne, mais on publie aussi des livres sur la « civilisation du hareng ». En passant de la nation à la civilisation, l'historien a l'impression pénible de passer du clair à l'obscur. La preuve en est que nous continuons à parler de peuples « jeunes » et de peuples « vieux », sans nous référer aux civilisations hors desquelles cette jeunesse et cette vieillesse n'ont pas de sens.

Si, en effet, on considère les peuples comme des réalités biologiques analogues aux espèces, il faudrait tenir compte du fait que la biologie croit moins au « vieillissement » des espèces qu'aux conditions extérieures qui les font prospérer ou disparaître : le diplodocus n'est pas mort de vieillesse, il est mort de froid ; le chat que j'ai sur les genoux n'est pas plus « vieux » qu'un chat égyptien de l'ancien empire.

Mais si on considère les peuples comme des réalités sociologiques, il faut admettre qu'ils vieillissent seulement dans la mesure où s'épuise la civilisation à laquelle ils participent. Pour recouvrer sa jeunesse, il suffit qu'un peuple s'intègre à une civilisation nouvelle : le peuple chinois est plus jeune aujourd'hui qu'au XVIe siècle. De ce point de vue, l'URSS et les USA ne sont pas plus « jeunes » que les nations de l'Europe occidentale. Quel que doive être l'avenir culturel de l'Amérique et de la Russie, elles veulent et font aujourd'hui les mêmes choses, usent des mêmes techniques que la « vieille » Europe. Si notre civilisation devait s'écrouler, son effondrement entraînerait la ruine de Moscou et de New York, comme celle de Londres et de Paris. Les pays « neufs » n'en souffriraient sans doute pas moins que les autres : la décadence romaine n'a pas causé moins de misère en Gaule qu'en Italie.

Mais nous avons peine à l'admettre, parce que nous restons persuadés que les civilisations sont essentiellement des données spirituelles. Nous croyons que chacune d'elles se définit d'abord par la religion qu'elle a professée. Nous opposons sans cesse le christianisme occidental au matérialisme athée des démocraties populaires. Il est pourtant douteux qu'une civilisation ne fasse qu'un avec une religion, plus particulièrement douteux quand il s'agit du christianisme.

La théologie chrétienne a toujours affirmé que l'Église était éternelle et universelle. Rien donc ne s'oppose à ce que, notre civilisation mourant, comme ses devancières, sur ses décombres, s'édifient des églises nouvelles, non moins riches que les nôtres en foi, en espérance et en charité. Le christianisme a vu beaucoup de ses églises remplacées par des mosquées. Comment pourrait-il croire indissolubles ses liens avec la civilisation actuelle ? Ses apôtres lui ont enseigné que la figure du monde passerait, mais que la Parole subsisterait, et l'expérience lui a montré qu'il avait survécu à la civilisation hellénique, à la civilisation araméenne.

La civilisation ne gagne d'ailleurs pas beaucoup à être ainsi rattachée à des valeurs plus hautes qu'elle. Car notre époque ne péchant pas par excès de spiritualité, quand on a bien expliqué que les civilisations sont toutes spirituelles, on s'empresse d'en détourner ses regards, pour ne considérer que les nations qui, seules, paraissent vraiment réelles.

Et ceci d'autant plus que la civilisation est un peu mystérieuse, secrète, au lieu que la nation institue des pouvoirs, comporte des postes que les citoyens peuvent se disputer. Athènes a des archontes et des stratèges. Mais l'hellénisme ? Où sont ses ministres, ses généraux ? Il semble un mot, mieux, un badigeon qui colore les choses sans en modifier les structures. Ainsi Athènes nous paraît avoir une densité et une épaisseur que l'hellénisme, pure abstraction, n'a pas. C'est d'ailleurs bien ce que pensait Périclès : s'il avait mieux senti la réalité de l'hellénisme, il aurait empêché ou abrégé la guerre du Péloponèse. Elle a provoqué la ruine de l'hellénisme et, dès lors, peu importent les rivalités d'Athènes, de Sparte, de Thèbes. La parole passe aux Macédoniens, aux Carthaginois, aux Romains. Athènes ne perdra pas seulement son hégémonie et sa confédération, mais sa liberté, ses oliviers mêmes, comme Sparte perdra jusqu'à la recette de son brouet.

Mais il est très faux que les civilisations soient « spirituelles » et les nations « temporelles » ; le contraire serait plus vrai. « Toute ma vie, je me suis fait une certaine *idée* de la France », a écrit le général de Gaulle. En effet, les nations sont des « idées », auxquelles l'amour des citoyens donne corps. Les civilisations, elles, engagent bien davantage la vie quotidienne des hommes. Celle des Américains est plus commandée par le *Way of life* que par leur Constitution.

Victimes de la même illusion que les Athéniens de Périclès, les Français sont persuadés que les problèmes de la France les concernent beaucoup plus que ceux de la civilisation. Si on leur dit le contraire, ils ont le sentiment qu'on s'égare dans la futilité. Et pourtant ! Qu'on se figure, d'une part, une France monarchique, fasciste, communiste, qu'on l'imagine même privée du Roussillon, de l'Alsace et que, d'autre part, on se la figure sans moteurs, sans chemins de fer, sans électricité, sans gaz, sans pétrole, sans papier... Dans lequel des deux cas la vie matérielle des Français aurait-elle subi le changement le plus profond ?

La civilisation nous emporte, mais la nation, seule, nous importe. Les nationalismes ont gagné à la fois en force et en extension, quoique le mouvement général du monde le porte vers la solidarité et vers le progrès. Notre temps est celui des grands ensembles économiques et des grandes passions particularistes. Il semble que les cœurs inclinent vers le nationalisme d'autant plus que la raison et la nécessité les en détournent davantage.

C'est pourquoi les historiens, bien que préoccupés par les civilisations, continuent à rédiger des manuels qui, pour la plupart, restent obsédés par les nations. Les changements du monde et les progrès des connaissances n'y ont rien fait. L'histoire des civilisations s'élabore, mais l'histoire universitaire l'ignore. Elle ne se laisse pas déranger dans le ressassement de ses mythes.

Spengler a montré avec la clarté, le ton d'évidence du génie, que la Fronde est la modalité française d'un phénomène européen qui s'appelle, en Russie : Temps des troubles, en Allemagne : Guerre de Trente Ans, en Angleterre : Révolution. Nos manuels n'en persistent pas moins à expliquer la Fronde par la régence d'Anne d'Autriche, le caractère de Mazarin, celui du cardinal de Retz, les prétentions du Parlement, les ambitions des grands.

C'est que la politique commande et que l'historien obéit. Il n'ignore pas que les histoires nationales sont des mythologies fabulées pour la justification de certaines liturgies ; il soupçonne Vercingétorix d'avoir été un agent secret de César ; il sait que, le 14 juillet, les assaillants de la Bastille ont trouvé les portes ouvertes. Mais à quoi lui sert de le savoir ?

Si une nation se définit par le souvenir des grandes choses faites ensemble et la volonté d'en faire d'autres, la tâche du politique est d'affermir cette volonté et la tâche de l'historien est d'exalter ces souvenirs. Il ne peut plus, toutefois, le faire avec la bonne conscience qu'il y apportait autrefois. Ecartelé entre la nation et la civilisation, il subit un déchirement analogue à celui des biologistes qui, pour des motifs doctrinaux, ne voulaient pas accepter les lois de Mendel et la génétique de Morgan. Encore ces biologistes niaient-ils les découvertes de Mendel, de Weissmann, de Morgan. Nos historiens, eux, ne contestent pas les principes de Spengler et de Toynbee, ils se bornent à n'en pas tenir compte.

Ils le peuvent d'autant mieux que, dans le royaume farfelu de l'histoire, chacun détermine à son gré l'objet de sa recherche. Sans doute, les sciences de la nature, elles aussi, imposent aux phénomènes dont elles traitent, des cadres artificiels, mais elles le déplorent et restent quand même soumises à l'expérience. M. von Frisch, M. Jean Rostand n'ignorent pas qu'il est absurde de séparer la biologie de la chimie, de la physique, plus absurde encore de séparer la génétique du reste de la biologie. Du moins, ne peuvent-ils pas écrire une *Vie des sirènes*, une *Vie des elfes* à la place de la *Vie des abeilles* ou *des crapauds :* la nature ne leur fournit ni elfes, ni sirènes.

L'historien, lui, peut écrire une *Histoire de la Belgique* aux temps où il n'y avait pas de Belgique. La preuve, c'est qu'Henri Pirenne l'a fait, dans un ouvrage célèbre et d'ailleurs excellent.

Puisqu'on a proclamé la « République Arabe », il devient très probable qu'on fera une *Histoire Arabe* qui traitera sans doute des fellahs égyptiens, des Berbères, des Turcs, des Syriens, des Iraniens, des Pakistanais, lesquels ne sont pas du tout arabes. Que pourrions-nous dire là contre, nous qui avons fait ânonner « nos ancêtres les Gaulois... » par des enfants asiates ou africains ?

Rien donc n'empêche l'historien de mentir. Et tout, par ailleurs, l'y pousse. Dans le domaine enchanté où il travaille, les mêmes causes qui surexcitent l'intérêt, développent l'imposture. Quand on est très attentif aux généalogies, on forge de fausses généalogies : on prouve que Tamerlan descend de Gengis Khan et Henri de Guise de Charlemagne. Quand on se préoccupe beaucoup de l'ethnologie, on prouve que les Alsaciens sont des Germains ou que les Prussiens sont des Russes. Chaque siècle ajoute ainsi à l'histoire une nouvelle cargaison d'impostures conformes aux principes qu'il professe.

Le XIXe siècle a voulu croire que les nations étaient fondées dans l'absolu. La différence entre le patriotisme et le nationalisme, c'est que l'un est un sentiment tout simple qui vient du réel et y retourne, au lieu que l'autre suppose une métaphysique. Pour être patriote, il n'est pas besoin de croire sa patrie l'objet d'un décret nominatif de la Providence. Mais le nationalisme, lui, veut que la nation soit antérieure à son propre territoire et à son propre peuple. Von Salomon a pensé que l'Allemagne pouvait n'être plus qu'une poignée d'Allemands qui l'avaient fuie. Le patriotisme est un fait, le nationalisme, une « doctrine ». Aussi peut-il arriver qu'ils se trouvent en conflit.

Alors que le patriotisme est aussi ancien que l'humanité, le nationalisme est un mot qui naît au XVIIIe siècle et se propage au XIXe siècle. Il est vrai que nous conservons généralement les idées du XIXe siècle, même quand elles ont cessé d'être adéquates. Nos traditions, notre paresse aussi nous y poussent. Ces idées ont été exprimées par de grands orateurs, philosophes, poètes avec qui les nôtres désespèrent de rivaliser. Michelet avait plus de génie que les rédacteurs de nos encyclopédies historiques ; Victor Hugo a mieux parlé de la

France que M. Jean Monnet de l'Europe. Nous continuons donc à reproduire, quitte à les abréger, les corriger ou les abîmer, les grandes œuvres du siècle dernier.

Mais leurs auteurs croyaient sincèrement formuler des vérités et, tout en répétant leurs discours, nous ne parvenons plus à y croire. C'est pourquoi l'histoire inspire de plus en plus confiance et les historiens en inspirent – et d'ailleurs en éprouvent – de moins en moins.

Lequel d'entre eux oserait dire, comme Michelet, que « l'histoire doit être une résurrection du passé » ? Nous savons trop que ce passé est « interdit à nos sondes », que d'ailleurs un passé qui ressusciterait, déboucherait sur l'éternel et cesserait de ressortir à l'histoire.

Nous savons, comme Goethe, que « le livre du passé est, pour nous, scellé de sept sceaux… » et nous finissons par comprendre que l'histoire n'est légitime que lorsqu'elle se retourne sur soi et devient histoire de l'histoire.

Car une des lois les plus étranges qui régit ce royaume des ombres, c'est que l'erreur y comporte un degré de certitude auquel la vérité ne saurait prétendre. *Le lot de l'historien, c'est d'avoir toujours plus de raison dans ce qu'il nie que dans ce qu'il affirme.* La tâche pour laquelle il se sent le mieux outillé, c'est la démystification comme le montre assez le grand exemple de Marx.

En effet, je sais très mal quel était Louis XIV : loué par les uns, blâmé par les autres, et d'ailleurs, comment n'aurait-il pas changé entre le début et la fin de son long règne ? À supposer qu'il y ait eu un « vrai » Louis XIV, comment le discerner parmi tant de portraits si divers ? Mais je sais mieux pourquoi tel auteur le magnifie et pourquoi tel autre le condamne. Voltaire l'admire parce qu'il préfère les artistes de 1660 à ceux de la Fronde, Racine à Corneille… Gide, au contraire, disait que Louis XIV avait pris en charge la France de Descartes et rendu la France de Fontenelle ; mais on conçoit que Gide en ait voulu des dragonnades à Louis XIV. De sorte que ceux qui nous parlent de lui, nous renseignent mal sur lui et très bien sur eux-mêmes, que ce soit Michelet, Lavisse ou Maurras.

S'il est difficile, en histoire, de connaître la vérité, on démasque assez facilement l'imposture. Je viens de relire *L'Histoire de deux peuples*, par Jacques Bainville. Je n'oserais pas la refaire, sans doute, je ne le pourrais pas. Mais je suis certain que Bainville fait subir une déformation surprenante aux événements dont il parle.

D'après lui, à Bouvines, Philippe Auguste, allié au pape, combattait l'empereur Othon, ce qui est vrai. Il ne dit pas que, pour les Hohenstaufen, Othon était un usurpateur, l'empereur légitime étant Frédéric II que le pape d'ailleurs protégeait et auquel Philippe Auguste, vainqueur, envoya l'aigle de son ennemi abattu.

Bainville dit que Henri II voulait « tenir les affaires d'Allemagne en la plus grande difficulté qu'on pourra ». Il ne dit pas que Henri II qui avait été prisonnier à Madrid, après Pavie, et devait être écrasé à Saint-Quentin par l'armée espagnole, regardait l'Espagne comme son ennemie principale et ne désirait l'anarchie allemande que dans la mesure où il craignait que les Habsbourg de Vienne n'aident, contre lui, les Habsbourg de l'Escurial. Ce machiavélisme germanophobe, que lui prêche Marillac, ne signifie donc pas, comme Bainville pense, un principe permanent de la monarchie française. Comment cela se pourrait-il ? Les Capétiens avaient été plus souvent les alliés des Empereurs que leurs ennemis.

Mais Bainville est né en 1879. Il a grandi dans l'amertume que le traité de Francfort avait mise au cœur des Français ; il a vu les rapports franco-allemands se détériorer de plus en plus jusqu'à la guerre de 1914. Il n'a pas pu oublier les années où « le sol de France était occupé par l'ennemi qui se tenait dans ses tranchées à quatre-vingts kilomètres de la capitale ». Son livre, commencé en 1915 – il l'a achevé en 1933. Comme l'antagonisme de la France et de l'Allemagne lui semblait fatal, il le supposait éternel ; et comme il n'en voyait pas la fin dans l'avenir, il l'étendait tout naturellement très loin dans le passé.

Mais son livre demeure très instructif et précieux, car s'il nous renseigne assez mal sur les rapports de la France et de l'Allemagne depuis le traité de Verdun, il nous renseigne admirablement sur le nationalisme français entre 1900 et 1938.

De ce point de vue, *L'Europe et la Révolution* d'Albert Sorel reste un chef-d'œuvre. Sorel a consacré la plus grande part de sa vie, son talent, sa puissance de travail, à montrer que toutes les guerres de la Révolution et de l'Empire ont été purement défensives. Hugo admettait encore que les soldats de l'an II avaient voulu imposer la liberté aux peuples, leurs frères...

Pas Sorel. Pour lui, la France voulait simplement ses frontières naturelles. L'Europe en général, l'Angleterre en particulier, ne se résignaient pas à les lui donner, ni à les lui laisser. Résolu à défendre Mayence, Napoléon fut donc obligé d'aller à Moscou. On ne peut même pas lui reprocher la rupture de la paix d'Amiens : l'Angleterre ne l'avait conclue que comme une trêve ; elle est toujours l'agresseur. Quand elle n'en a pas l'air, c'est une perfidie de plus.

Peu de thèses sont plus difficiles à soutenir : le Cabinet Addington s'étant formé pour la paix, vivait de la paix et devait mourir avec elle. La première conséquence de la rupture d'Amiens fut que Bonaparte devint empereur et qu'Addington cessa d'être Premier Ministre. Nous avons vu une relation analogue entre Neville Chamberlin et Hitler : la guerre de 1939 augmenta les pouvoirs de celui-ci et contraignit celui-là à laisser la place à W. Churchill. La rupture de la paix d'Amiens a sans doute inquiété les Anglais plus que les Français, car ils avaient moins de chances de gagner la bataille de Trafalgar que les Français, la bataille d'Austerlitz. Aussi les contemporains n'ont pas douté que Bonaparte aimât et souhaitât la guerre. On ne l'a contesté qu'après Waterloo, parce qu'on ne voulait accorder aucune circonstance atténuante aux auteurs des traités de Vienne.

L'ouvrage d'Albert Sorel nous montre aussi la grande importance qu'avait, à son époque, la distinction entre les guerres « agressives » et « défensives ». Cette distinction est devenue plus obscure depuis que l'agression « indirecte » rend plus difficile d'assimiler l'agression au simple bris de clôture ; elle restait encore très claire en 1914, où le recul de dix kilomètres parut à tous les Français – dont moi – une preuve irréfutable de l'innocence de leurs gouvernants.

Heureusement pour les historiens, leurs impostures nous instruisent autant que les vérités qu'ils nous promettent et qu'ils sont incapables de nous donner, comme nous-mêmes, sans doute, de les recevoir.

J'ai voulu examiner quelques-uns de ces actes manqués révélateurs.

Comme ils sont très nombreux, j'ai pensé être en droit de choisir suivant mon caprice. Mon choix m'a d'ailleurs paru, après coup, moins gratuit que je n'avais pensé.

*

Une fois de plus, j'entendais, de tous côtés, les gens me dire : « Je l'avais bien prévu ! », d'événements qui m'avaient semblé incertains jusqu'au moment où ils furent accomplis. Or, peu d'exemples font ressortir mieux que la chute de Robespierre la tendance de l'esprit à présenter comme inéluctable ce à quoi personne pourtant ne s'attendait.

En effet, robespierristes et antirobespierristes ont toujours conféré au Neuf Thermidor l'évidence de la nécessité. La veille encore, Cambon écrivait pourtant à sa famille : « Demain, de Robespierre et de moi, l'un sera mort », mais il ne savait pas lequel. Et Bonaparte, qui suivait de très près l'évolution de la politique, puisque sa carrière en dépendait, ne croyait pas impossible que Robespierre triomphe le Neuf Thermidor ;

même à Sainte-Hélène, il ne croyait pas encore à cette impossibilité parce qu'il se rappelait très bien l'été 94.

Mais l'historien, comme il connaît d'avance le dénouement de la pièce, finit par ne plus comprendre que les spectateurs, au premier acte, aient pu s'y tromper. Il voit les faits que le politique connaissait, les documents qu'il détenait : comme ils lui paraissent décisifs, il oublie qu'ils ne sont devenus tels qu'après l'événement. Il suppose qu'une personne à laquelle Bismarck aurait communiqué le texte de la dépêche d'Ems, pouvait être tout à fait certaine de la guerre franco-prussienne. Mais si NapoLéon III, déjouant la ruse de Bismarck, avait éventé le piège – ce qui, après tout, n'était pas impossible –, la dépêche d'Ems, au lieu de précipiter la guerre, eût aidé, peut-être, au maintien de la paix.

Je me rappelle avoir entendu affirmer, entre le premier et le second tour des élections de 1936, par Georges Mandel, dont l'information et la lucidité étaient célèbres, que le Cabinet Sarraut resterait au pouvoir. Il nous semble bien qu'à cette date, le triomphe du Front Populaire était acquis et que la constitution d'un Cabinet Léon Blum était d'ores et déjà certaine.

Mais c'est nous, je crois, qui nous trompons : on connaissait les désistements, on ignorait dans quelle mesure les électeurs suivraient les consignes qui leur seraient données. Mieux informé que nous, Mandel doutait de ce qui, rétrospectivement, nous paraît avoir été indubitable.

Aussi ces fatalités dont les historiens rehaussent les réalités plus contingentes de la politique, sont-elles presque toujours illusoires. Il faut, à cet égard, démystifier le Neuf Thermidor.

Je sais pourtant que Robespierre m'a intéressé surtout comme un des rares chefs qui, ayant voulu empêcher la guerre et la finir, n'a passé néanmoins ni pour un lâche, ni pour un traître.

Car une des leçons les plus tristes de l'histoire, c'est que les peuples préfèrent généralement ceux qui les engagent dans la guerre à ceux qui essaient de la leur éviter. En histoire et en politique, on peut bien dire : malheureux les pacifiques !

Les Français en ont voulu à Rouvier, à Caillaux d'avoir réglé sans guerre le contentieux franco-allemand du Maroc. Ils en ont voulu à Louis-Philippe de leur avoir épargné une nouvelle guerre avec l'Europe en 1832 et d'avoir contrecarré la politique belliciste de Thiers.

Même la défaite ne suffit pas à faire condamner les fauteurs de guerre : malgré les victoires de Philippe et le désastre d'Athènes, on continue à admirer Démosthène, à mépriser Eschine et Phocion.

À plus forte raison, personne ne marque jamais au débit du belliciste les échecs qu'il a surmontés après les avoir subis. Personne ne fait de réserves sur l'intervention de Richelieu dans la guerre de Trente Ans, quoiqu'il ait été durement battu à Corbie et qu'il ait eu beaucoup de mal à enrayer l'exode des Parisiens que l'avance espagnole épouvantait. Personne ne reproche au grand Frédéric d'avoir mis la Prusse à deux doigts de sa perte en 1759. Écrasé à Künersdorf par les Russes, il fallut, pour le sauver, « le miracle de la Maison de Brandebourg » : on n'en admire que davantage la ténacité, l'héroïsme du roi.

Pour le pacifiste, au contraire, on suppose toujours que les batailles qu'il a empêchées eussent été des victoires. On parle comme s'il avait voulu ménager le sang des ennemis et non celui de ses concitoyens.

On admire celui qui poursuit une guerre perdue : les Français restent reconnaissants aux hommes du Quatre-Septembre 70 d'avoir retardé la paix, quitte à en aggraver les conditions.

Chez le belliciste, l'espoir est une vertu, chez le pacifiste, non pas. En 1918, quand la percée allemande – à laquelle devait bientôt répondre la contre-offensive de Foch – rendait anxieux tous les Français, je me rappelle que Lyautey grommelait : « Il faut tenir. On ne sait jamais. Ils peuvent attraper la grippe ! » On vit bientôt qu'il avait raison, plus que raison.

Mais si l'armée allemande pouvait, en 1918, attraper la grippe espagnole, pourquoi Hitler n'aurait-il pas pu attraper une maladie mortelle entre septembre 1938 et septembre 1939 ? Les chances de la paix étaient certainement très faibles, après Munich. Mais M. Churchill lui-même a dit combien les chances de victoire semblaient faibles, en 1940, à l'Anglais le plus résolu. Il est juste qu'on admire Churchill pour n'avoir pas désespéré, il est injuste qu'on blâme Neville Chamberlain pour n'avoir pas désespéré de la paix.

Je crois bien que si on pardonne son pacifisme à Robespierre, c'est qu'on l'a oublié. Il voulait empêcher Brissot de faire la guerre, mais Brissot l'a faite. Il voulait probablement finir la guerre en 94, mais elle a continué jusqu'en 1814, sauf pendant l'intermède de la paix d'Amiens. On pense donc plus à la politique intérieure de Robespierre qu'à sa politique extérieure. Souvent même, on parle comme s'il n'en avait eu aucune.

De son vivant toutefois, le parti de la guerre avait compris que Robespierre était son ennemi ; il a beaucoup contribué à sa perte. Ce parti-là existe toujours quand la guerre sévit et même quand elle menace ; il rassemble tous ceux qui, pour le meilleur et pour le pire, en profitent : patriotes avides de sacrifices, fournisseurs avides de commandes, officiers avides de galons, trafiquants avides de pillages, rhéteurs avides de thèmes nobles pour leurs discours.

Mais s'il existe constamment, le parti de la guerre se déclare rarement : soit qu'il désire cacher les collusions secrètes de ceux qui le forment, soit qu'il prétende ne faire qu'un avec la nation dont il prétend exclure ses adversaires, soit qu'il feigne de subir les conflits qu'il désirait et qu'il prolonge. Aussi, quoique chez Robespierre aucun projet ne soit plus évident que celui d'empêcher et d'arrêter la guerre, on ne lui en a fait ni grand honneur, ni grand grief : pour un pacifiste, c'est là un destin privilégié.

*

Persuadé que l'histoire et les historiens sont naturellement bellicistes, je me demande pour quelles raisons certaines guerres sont néanmoins condamnées.

Sans doute, elles peuvent être réprouvées parce qu'elles ont été perdues. La condamnation de Charles VIII et de son expédition sur Naples, par exemple, tient sûrement à d'autres motifs puisque Charles VIII a été vainqueur beaucoup plus que vaincu. Elle repose, je crois, sur l'idée qu'il y a des guerres « nationales » et d'autres qui ne le sont pas : l'expédition napolitaine de Charles VIII se range dans cette seconde catégorie.

Certains historiens, comme Commines, déplorent que Charles VIII se soit fourvoyé en Italie; certains, comme Michelet, déplorent qu'il l'ait opprimée. La plupart lui reprochent moins la guerre qu'il a faite, que d'avoir détourné la France de la seule guerre qu'elle aurait dû faire : pour eux, l'erreur de Charles VIII fut de ne pas avoir combattu Maximilien d'Autriche, d'avoir méconnu les frontières naturelles de la nation et frappé ailleurs qu'au Nord-Est.

C'est que, pour les écrivains du XIXe siècle, les nations sont les œuvres moins des hommes que de Dieu. Elles descendent du Ciel, dans l'histoire, comme le Gange descend, à travers le chignon de Siva, sur la terre qu'il fertilise. L'hexagone français préexiste à la France. De ce point de vue, prétendre au royaume de Naples était absurde. Charles VIII *devait* échouer, puisque, s'il avait réussi, la France n'aurait pas été un hexagone et que la botte italienne n'aurait pas eu de cheville.

Landau *devait* faire pendant à Brest, la France *devait* s'étendre jusqu'au Rhin, mais n'outrepasser ni les Alpes ni les Pyrénées.

À vrai dire, on se demande comment Charles VIII aurait pu le comprendre : à son avènement, la frontière orientale de la France était à peu près verticale; sous ce pentagone, l'hexagone futur ne perçait pas encore. À la naissance de Charles VIII, la Provence n'était pas française, la Bretagne ne le devint que par son mariage.

Nous avons pris l'habitude de penser qu'une seule France était possible. Aussi bien, j'ai cru, jadis, que Mgr Duchesne avait raison de dire : « L'histoire des événements qui se sont produits est trop difficile pour qu'on y ajoute celle des événements qui auraient pu se produire. » Cela me paraissait le bon sens même. J'en suis moins sûr. L'esprit se mutile quand il renonce aux pensées hypothétiques. Elles ne sont pas moins fécondes pour l'historien que, pour le mathématicien, les géométries non-euclidiennes et les nombres imaginaires. Il aurait tort d'oublier que les nations, en général, et la France, en particulier, auraient pu être différentes de ce qu'elles sont : les chanceliers de Bourgogne ont rêvé d'une France qui aurait inclus la Hollande, quitte à exclure les pays armagnacs.

Si d'ailleurs on peut parler d'une « France de Dunkerque à Tamanrasset », on voit mal pourquoi il est impossible de concevoir une « France de Cherbourg à Capri ». Le patriotisme – comme l'amour – s'exalte en s'imaginant répondre à un objet qui lui était destiné de toute éternité. Mais c'est là une idolâtrie. Elle peut avoir été, être parfois, bienfaisante : Renan disait que « l'ourim et le toumim » ont contribué à élever le niveau spirituel de l'humanité. Encore faut-il veiller à ce que les sortilèges ne répandent pas trop l'imposture et que les idoles ne suscitent pas trop de massacres.

Le mysticisme nationaliste confère à l'histoire un caractère inexorable qui la fausse dangereusement : après avoir pensé que, seule, une certaine frontière est « vraie », on pense que, seule, est justifiée une certaine politique : celle de Richelieu, celle de la Convention. Les fausses fatalités que d'abord on suppose, puis qu'on invoque et qu'enfin, on adore, développent la brutalité naturelle aux pouvoirs et la cruauté naturelle aux hommes.

La distinction entre les « guerres nationales » et les autres doit être sérieusement révisée : elle a rendu les guerres plus inexpiables, il n'est pas certain qu'elle les ait rendues moins nombreuses. Aussi m'a-t-il semblé utile de rappeler que les guerres d'Italie, si elles ne sont pas devenues ce nationales », auraient pu le devenir. Elles n'ont pas réussi, voilà tout.

*

Il est certain que les historiens aiment les guerres et les guerriers, mais à condition que ceux-ci aillent dans le sens qu'eux-mêmes indiquent et entrent commodément dans les cadres tracés.

Le cas de Tamerlan est, ici, un des plus révélateurs. Je garde encore cuisant le souvenir de ma honte lorsque M. Berthelot m'interrogea sur lui, que je ne sus pas bien répondre et qu'il me dit : « C'est pourtant le plus grand général de l'histoire, après Gengis Khan ! »

Je constatai, toutefois, que les plus studieux de mes camarades, et même de mes aînés, ne le connaissaient pas beaucoup mieux que moi. Et je ne crois pas qu'on eût trouvé un examinateur assez pervers pour poser les questions que me posa M. Berthelot.

C'est que, dans nos livres, l'épopée de Tamerlan, si glorieuse qu'elle soit, garde un caractère anecdotique. Lui-même – qui fut le « maître du monde » – a l'air d'un aventurier, le plus grand de tous peut-être, mais, comme les autres, hors série. Sa personnalité est cependant trop puissante, la série de ses victoires, trop longue, ses conquêtes trop vastes, pour qu'on se résigne à voir en lui ce météore fulgurant et négligeable.

Mais son image se trouve déformée. Nous ne la voyons que dans les deux miroirs, par nous-mêmes taillés : l'histoire de l'Europe, l'histoire de l'Asie. Elle s'y reflète mal.

Dans l'histoire de l'Europe, le rôle de Tamerlan semble faible : il est le vainqueur de Bajazet. Or, il avait plus de soixante-cinq ans lorsqu'il battit Bajazet à Ankara. Quoique vaincu, Bajazet nous importe davantage, non seulement parce qu'il avait écrasé les armées chrétiennes à Nicopolis, mais parce qu'une série de sultans osmanlis le précède et qu'une autre le suit, qui a continué son œuvre. Du point de vue occidental, Tamerlan ne compte qu'à cause de lui, et paraît un simple accident dans l'histoire ottomane.

De même dans l'histoire de l'Asie, Gengis Khan est essentiel. Il la conquiert toute à l'exception des Indes : son fils Koubilaï fonde, en Chine, une dynastie. Mais Tamerlan ? Aux Indes, il ne fait que passer ; il meurt avant d'avoir pu attaquer la Chine. Ses trop nombreuses victoires, dans des pays mal connus, sur des peuples aux noms difficiles et contestés, ne laissent pas des souvenirs clairs.

Pour que sa personne et son œuvre prennent toute leur dimension, il faut supposer une histoire eurasiatique : aussitôt, elles apparaissent colossales.

Depuis la chute de l'Europe romaine, l'Est primait l'Ouest, l'Asie primait l'Europe, les nomades se montraient toujours militairement supérieurs aux sédentaires.

C'est à l'époque de Tamerlan et, dans une large mesure, par Tamerlan que cette situation millénaire se retourne. La victoire va aller d'ouest en est. Les Ottomans vont défendre le sud-ouest de l'Asie, le sud-est de l'Europe et le nord de l'Afrique avec une telle efficacité que les nomades n'oseront même plus les attaquer.

Les Russes, qui vont avancer lentement de la Volga au Pacifique, feront descendre de leurs chevaux les fils des cavaliers invincibles de Gengis. Et les Occidentaux, enserrant dans le réseau de leurs comptoirs les cinq parties du monde, vont rendre le nomadisme si archaïque qu'il paraît, aujourd'hui, contre nature.

Cette immense révolution, politique, sociale, militaire, Timour en est sans doute le principal auteur. C'est lui qui, écrasant, martelant les reîtres nomades qui entouraient la Transoxiane et la Perse, poursuivaient dans leurs montagnes les Afghans, les Turcomans, brisant la « Horde Dorée », permet le grand essor des sédentaires et des Occidentaux.

Aussi bien, c'est avec lui, non pas avec la prise de Constantinople par Mahomet II, que finit le Moyen Âge et que commencent les temps modernes. L'entrée de Mahomet II dans Sainte-Sophie est un faux jalon qui brouille les perspectives : Byzance était condamnée dès la fin du XIVe siècle.

C'est avec Timour que cesse la primauté de la cavalerie : l'infanterie, d'une part, la marine d'autre part, vont récupérer leurs droits prescrits depuis le temps d'Attila.

C'est d'ailleurs le XVe, non pas le XVIe siècle qui marque le grand tournant de l'Europe. Tout change avec la fin du sacerdoce théocratique, condamné après Boniface VIII, et de l'empire universel, condamné après le meurtre de Conradin. C'est avec Charles VII et Louis XI, non avec François Ier, que surgit la France nouvelle, guérie de la guerre bourguignonne. C'est au XVe, non au XVIe siècle, que commence la grande aventure des navigateurs d'Occident. C'est aussi au XVe siècle que naissent réellement le tableau de chevalet et le portrait chrétien.

À Ankara, le sort de l'Europe se joue entre deux puissances turques et musulmanes, la catholicité occidentale n'assistant au drame que comme spectatrice. Mais c'est là le dernier triomphe de l'Asie : pendant cinq siècles, l'Europe sera seule maîtresse de ses destinées.

Timour est le colosse qui sépare – et unit – ces deux ères et ces deux mondes.

N'ayant rien à craindre que lui-même, l'Occident, pendant cinq siècles, n'a non plus regardé que soi. Il est tenté de méconnaître, d'oublier, ou de déformer tout le reste, et d'abord l'Orient. Le Parisien de Montesquieu s'étonne qu'on puisse être Persan. Rien ne révèle mieux ces surprenants complexes de l'Europe occidentale que le sort étrange fait à la bataille de Poitiers.

Cette bataille est un mythe puisqu'elle a pris son sens très longtemps après l'époque où elle fut livrée, en un lieu qu'on désespère de pouvoir fixer avec précision.

On dirait qu'une sorte de censure s'interpose entre la civilisation sarrasine et nous. Notre dette envers elle est considérable. Guère moindre que notre dette envers l'hellénisme. Pour en mesurer l'importance, il suffit de rappeler que les Arabes nous ont enseigné l'algèbre, ainsi que les chiffres dont nous nous servons, y compris le zéro. Réduits aux chiffres romains, qu'auraient pu faire nos mathématiciens ? On dit que Pascal a retrouvé, tout seul, la géométrie d'Euclide. On ne dit pas qu'il a réinventé tout seul l'algèbre.

Mais nous sommes toujours fiers de reconnaître, et même d'exagérer, notre dette envers l'hellénisme, et il semble que notre dette envers la civilisation sarrasine, au contraire, nous pèse. On pourrait croire que cette inégalité de traitement s'explique par les différences linguistiques et par les antagonismes religieux. Les caractères arabes nous déconcertent, leur prononciation nous rebute. Il est certain que le Croissant et la Croix se sont beaucoup combattus et, qu'à force de se combattre, on peut finir par se méconnaître.

Mais un rideau de fumée, analogue à celui qui nous cache la civilisation sarrasine, paraît s'interposer entre nous et la civilisation byzantine. Or, Byzance parlait grec, elle était chrétienne. Cependant, l'idée que se fait de Byzance un Français moyennement instruit, ressemble à celle qu'il se fait des califats de Damas, de Bagdad et de Cordoue.

Les lacunes de nos manuels sont, ici, d'autant plus bizarres que l'apport des Français à l'histoire byzantine est plus grand. Les livres de Gustave Schlumberger honorent la nation qui les a produits. Les travaux de Charles Diehl ont été remarquables. Les trois volumes que M. Bréhier a publiés dans *L'Evolution de l'humanité*, sur l'histoire, les institutions et la civilisation de Byzance, sont excellents. Il en passe cependant très peu de chose dans la culture de nos étudiants.

Le fait que Byzance ait résisté aux Barbares quand Rome ne leur résistait plus, et qu'elle ait résisté à l'islam quand celui-ci faisait, en se jouant, la conquête de l'Espagne, n'est pas ignoré, il est omis. Mais les mensonges par omission peuvent n'être pas moins graves que les impostures positives.

La méconnaissance de la culture sarrasine n'a sûrement pas aidé au rapprochement des peuples européens et maghrébins. L'islam verrait peut-être avec plus de bienveillance la civilisation occidentale si elle lui rappelait davantage tout ce qu'elle tient de lui.

Et la dépréciation scandaleuse de Byzance est sans doute pour quelque chose, et même pour beaucoup, dans les difficultés de l'Europe occidentale à comprendre la Russie et à se faire comprendre d'elle. Ce défaut de communication, les Russes l'imputent au capitalisme, les Occidentaux au léninisme. Mais il existait avant que la Russie devienne bolchévique et Dostoïevski n'est pas moins dur – et injuste – envers « le bourgeois de Paris » que n'est, aujourd'hui, la *Pravda*.

La Russie a admiré, convoité Byzance dès le VIIIe siècle. Elle est « née à l'histoire » en se portant au secours des Byzantins contre les Bulgares. Depuis le mariage d'Ivan III et de Sophie Paléologue, elle se considère comme l'héritière de Byzance, se flattant que Moscou devienne « la troisième Rome ».

Elle a toujours vu les Occidentaux soutenir – contre l'évidence – que le heurt de l'islam et de la Chrétienté s'est produit à Poitiers, en 732, alors qu'il a eu lieu à Constantinople en 718.

Elle peut voir que nos manuels mentionnent à peine le schisme orthodoxe ; les *Dictionnaires des hérésies* l'expliquent par « l'ambition » de Photius et de Michel Cérulaire, ce qui équivaut à expliquer la Réforme par les seules difficultés financières de quelques princes allemands.

Il m'a paru qu'une analyse des lapsus et oublis que le mythe de Poitiers révèle, contribuerait peut-être à faire mieux comprendre le Maghreb par les Français et l'Est par les Occidentaux.

*

Ce sont sans doute les passions nationalistes qui constituent le plus grand obstacle à la compréhension et à la coopération mutuelles des peuples, que les progrès de l'histoire permettent et que les progrès de la science exigent. Du moins, ces passions répondent-elles à des intérêts réels, à des habitudes invétérées, à des sentiments sincères et respectables.

L'inégalité de niveau de vie chez les peuples surdéveloppés, à moitié développés et sous-développés explique, dans une certaine mesure, la véhémence des antagonismes nationaux. L'internationalisme est, pour le nationalisme, un adversaire loyal.

Mais les Européens compliquent le leur d'un nationalisme romain, d'autant plus insidieux qu'on le croit innocent et désintéressé. Il semble à la fois une tradition universitaire et un jeu. Les Occidentaux ont toujours joué aux Romains, comme les enfants au papa et à la maman.

Déjà, Charlemagne s'affuble d'un manteau impérial, ses compagnons se font appeler Flaccus, Maro, Naso. Les Staufen se sont vraiment crus les successeurs directs et légitimes des Césars. Othon III avait honte de n'être pas romain ; il était roi de Germanie et adjurait Gerbert de le débarrasser de sa barbarie germanique !

À force de vouloir être des Romains, on a adopté leurs pires préventions, admiré leurs erreurs, épousé leurs plus mauvaises querelles. La propagande des historiens romains garde, sur les Occidentaux, une force d'autant plus grande que les grammairiens font admirer davantage leurs écrits.

Nous disons « une foi punique », quoique les Romains n'aient pas eu plus de scrupules envers les Carthaginois que ceux-ci envers eux, comme il est trop normal dans une lutte de quatre-vingts ans, où deux peuples aux prises se battent pour leur existence.

De même, « la flèche du Parthe » implique encore, pour nous, une certaine déloyauté. Les Parthes ne faisaient pourtant qu'appliquer une tactique très ancienne en honneur dans toute l'Asie, que reprirent les Mongols et les Arabes de Saladin. Les cavaliers nomades, en effet, qui se déplacent dans un espace illimité, ne se préoccupent pas de défendre un terrain, mais seulement de battre leur adversaire. Ils l'attirent en reculant. Ils ne trouvent aucun déshonneur à ce recul, parce qu'il ne leur incombe pas, comme aux armées des peuples sédentaires, de défendre les populations, les champs que pour un temps ils abandonnent. Ils décochent leurs flèches quand la distance entre eux et l'ennemi est la plus favorable au tir. On objectera qu'ils pourraient aussi bien avancer. Mais on ne sait pas où l'on va quand on avance, tandis qu'on sait d'où l'on vient quand on recule. Rien n'est donc plus raisonnable que le comportement des Parthes. Mais ils nous semblent quand même contrevenir à on ne sait quelles règles, sans quoi les Romains n'auraient pas eu de peine à les battre.

Pour nous, les Romains ont toujours raison. Si nous montrons quelque sévérité envers quelques-uns d'entre eux, c'est que d'autres Romains nous y forcent. Néron est mal vu, mais à cause de Tacite. On lui pardonnerait d'avoir persécuté les chrétiens – on le pardonne à Trajan – s'il n'avait commis le crime d'exterminer les familles sénatoriales.

Nous détestons les ennemis des Romains, nous renchérissons même sur leurs rancunes. Nous regardons avec mépris les peuples qu'ils ont battus, asservis. Nous posons, en principe, que tout ce que les Romains ont aboli n'avait aucun prix. En les croquant, les Romains firent beaucoup d'honneur aux Celtes, aux Etrusques, aux Carthaginois, et même à la Grèce hellénistique.

Elle aussi fut victime de l'impérialisme romain. C'est pourquoi nous ne semblons pas très désireux de la mieux connaître. Nous la réservons aux spécialistes. À force de répéter que Rome est la mère et la Grèce l'aïeule, nous finissons par oublier que, vieillie ou non, la Grèce vivait encore lorsque les Romains l'asservirent. Nous parlons avec dédain de « l'alexandrinisme » dénoncé, bien avant le « byzantinisme », pour sa subtilité décadente.

C'est que nous défendons les intérêts du colonialisme romain avec une fureur que nous n'avons pas quand il s'agit du nôtre.

Il ne nous suffit même pas que Rome soit toute justice, toute grandeur, que ses adversaires méritent d'être vaincus ; nous voudrions qu'elle existât seule, dans un monde où, après avoir épanoui ses vertus, elle aurait succombé, lentement, aux seuls effets de la sénilité et des vices qui, trop souvent, l'accompagnent.

Cette adoration idolâtre n'a d'ailleurs pas été sans avantages pour les Occidentaux : croire aux vertus de ses ancêtres est toujours bénéfique, même s'ils n'ont pas eu toutes ces vertus et même s'ils ne sont pas vos ancêtres. De cette croyance, fausse ou vraie, procède la noblesse. Beaucoup de grandes actions n'auraient pas été faites, en Europe, sans la référence constante, abusive, mais pieuse, au modèle romain. Brutus fut sans doute usurier avant de devenir assassin et même parricide, son exemple n'en a pas moins aidé les Girondins à monter plus dignement sur l'échafaud.

Mais tant d'avantages ne pouvaient aller et n'ont pas été sans contrepartie. Notre romolâtrie s'est interposée entre nous et l'histoire même de Rome.

L'idée nous répugne que la décadence et la grandeur de l'Orient en général, de la Perse en particulier, n'aient peut-être pas été étrangères à la grandeur et à la décadence des Romains. On veut bien que l'Orient monte quand Rome descend, mais non pas que Rome descende quand l'Orient monte. Ainsi, un Français comprend que Waterloo et Trafalgar ont été, pour la France, des défaites, mais il n'en est pas moins éberlué quand il découvre à Londres que ce furent, pour l'Angleterre, des victoires.

Cette métaphysique aberrante fausse notre idée des civilisations. Elle nous porte à un fatalisme qui nous rend à la fois plus optimistes et plus pessimistes envers elles qu'il ne faudrait. Pour ne pas révoquer en doute l'axiome selon lequel Rome a été le seul artisan de sa grandeur et de sa chute, nous supposons que les civilisations naissent quand elles doivent naître, prospèrent aussi longtemps qu'elles doivent prospérer, et meurent quand elles doivent mourir.

Toutefois, si on les regarde comme des êtres vivants, analogues aux autres, soumis aux mêmes lois de croissance et de déclin, on comprend mal qu'elles soient exemptes des risques auxquels tous les êtres vivants paraissent soumis. Quels animaux, en effet, quels végétaux ne sont pas exposés aux morts accidentelles ? La nature assigne un terme à chacun, mais il est très rare qu'on l'atteigne. La mort naturelle semble l'exception, à tel point qu'on l'a toujours regardée comme une faveur du destin ou une récompense des dieux.

Mais nous ne voulons pas que Rome ait rien tué et nous ne voulons pas davantage qu'elle ait pu être tuée par autre chose que par soi.

Cette complicité éperdue qui nous lie à elle, la transfiguration de Cléopâtre la rend, je crois, particulièrement sensible. Shakespeare et Pascal ont été, ici, plus loin que les thuriféraires mêmes d'Auguste. On est arrivé à oublier que Cléopâtre n'était pas égyptienne, mais grecque et de sang très pur puisqu'elle descendait de deux compagnons d'Alexandre, Lagos du côté paternel, Lysimaque du côté maternel, et que les Lagides, adoptant les traditions égyptiennes, avaient le plus souvent épousé leurs sœurs.

Les poètes, après les pamphlétaires, n'en sont pas moins parvenus à métamorphoser en une fille du Nil, environnée de magiciens, experte en philtres et en maléfices, cette Macédonienne coupable d'avoir voulu garder son trône et maintenir l'indépendance de son pays.

La transfiguration de Cléopâtre
ou
la romolâtrie occidentale

Ce n'est certainement pas le goût des récits romanesques qui m'a fait réfléchir aux amours d'Antoine et de Cléopâtre.

Rien de moins tentant pour l'historien que les aventures passionnelles ; il désire des faits, l'amour est un sentiment ; tout, dans ce domaine, devient vrai dès qu'on le dit, rien ne prouve rien, pas même l'aveu, puisque chacun peut se tromper sur son cœur. La conduite non plus ne prouve rien : Louis XIV chasse madame de Montespan et épouse madame de Maintenon ; est-on certain qu'il n'ait cependant pas préféré celle-là ? Madame de Maintenon l'apaisait, madame de Montespan l'irritait, l'inquiétait, mais cela peut tenir précisément à ce qu'il était amoureux d'elle.

Antoine l'a-t-il été beaucoup de Cléopâtre ? Comment pourrions-nous le savoir ? Le plus sage est de nous en tenir aux faits.

Ceux-ci, malheureusement, ne nous sont pas bien connus, la plupart des sources étant médiocres et, pour la plupart, très postérieures aux événements.

Nous savons du moins qu'Antoine rencontre Cléopâtre à Tarse où il la convoque après la bataille de Philippes (41 avant J.-C). Il commande les armées d'Orient, les provinces orientales, de beaucoup les plus riches. Octave se contente de gouverner les provinces occidentales et l'Italie.

Antoine connaissait-il déjà Cléopâtre ? Rien ne nous empêche de le supposer, mais rien ne nous permet de l'affirmer. En – 55, il avait accompagné en Égypte un général romain du nom de Gabinius, envoyé pour soutenir le trône vacillant de Ptolémée-Aulète, père de Cléopâtre. Celle-ci avait alors 14 ans et ne devait guère sortir du gynécée.

En – 45, après sa campagne d'Égypte, César l'avait fait venir à Rome. Elle y resta quand il partit faire la guerre en Espagne. Antoine n'avait pas accompagné César, il a donc pu voir Cléopâtre puisqu'ils se trouvaient tous deux dans la même ville et qu'elle était la maîtresse, l'associée, l'otage aussi de son maître.

M. Carcopino se fonde là-dessus pour imputer à Antoine la paternité du premier enfant de Cléopâtre, que tout l'univers nomma Césarion. Mais ni Antoine, ni Cléopâtre, ni personne n'en a jamais rien dit.

Les raisons de M. Carcopino ne me persuadent donc pas. Donner à la reine d'Égypte un héritier de sang romain lui paraît un manquement au patriotisme romain, il en croit César incapable. Mais ce que le patriotisme interdisait à César, le respect et la crainte de César n'auraient-ils pas dû l'interdire à Antoine, son lieutenant ?

Je pense aussi qu'après le discours célèbre prononcé devant le cadavre de César, et par lequel il changea le cœur des Romains, Antoine ne pouvait pas faire passer pour le fils de son maître, un enfant dont il savait être lui-même le père, sans une certaine vilenie qu'on ne lui a jamais reprochée.

Cléopâtre, enfin, sembla plus accablée par la mort de César que rassurée par la puissance croissante d'Antoine.

Elle ne lui donna aucun secours dans sa guerre contre Brutus et Cassius. Il le lui fit même reprocher. Serait-elle restée neutre s'il avait été non seulement son amant, mais le père de son fils ?

Le plus sage, sans doute, est de supposer qu'Antoine ne connaissait pas Cléopâtre (ou très peu) quand elle vint vers lui sur la galère d'or et de pourpre qui a tant ébloui les poètes.

Leur situation, à l'un et à l'autre, était claire : Antoine avait besoin d'argent pour payer ses soldats. Cléopâtre était la reine la plus riche de l'Orient, les trésors des Lagides, ses ancêtres, faisaient rêver le monde entier.

Antoine, certes, était fondé à y puiser. Depuis longtemps, l'Égypte était sous la domination romaine. Ptolémée-Aulète avait voulu en faire don à la République, Cléopâtre elle-même avait été installée sur son trône et sauvée par César.

Celui-ci ne lui eût certainement pas demandé la permission de recourir au trésor égyptien, mais il était dictateur à Rome et co-roi d'Égypte et Antoine, simple proconsul d'une république épuisée par sa propre anarchie ; il avait moins d'autorité parce que, depuis la mort de César, Rome s'était affaiblie et l'Égypte renforcée.

Cléopâtre, elle, voulait garder son trône menacé par les révolutions et maintenir l'indépendance de son royaume menacé par les cupidités romaines.

Il ne pouvait être question pour elle de s'opposer aux Romains, ni même de se passer d'eux. Sa dynastie n'était pas une dynastie nationale : fondée par les compagnons d'Alexandre, elle écrasait l'Égypte sous une administration très lourde, très compliquée, contre laquelle le peuple égyptien se révoltait souvent. Les Lagides étaient moins les rois de l'Égypte que les souverains d'Alexandrie. Cette grande ville internationale, extrêmement prospère, située à l'intersection des principales voies du commerce méditerranéen, peuplée de Grecs, de Juifs, de Levantins, ne semblait pas tant la capitale de l'Égypte que l'Égypte ne semblait sa colonie. Aussi les Lagides n'avaient-ils jamais eu que des armées mercenaires. César les avait battues si facilement qu'il ne daigna pas écrire lui-même le récit de sa victoire. Ni l'Égypte, ni Cléopâtre – qui devait sa couronne à César – ne pouvaient résister à l'emprise de Rome.

La seule question était de savoir si Rome annexerait purement et simplement l'Égypte, comme les Gaules, comme le Maghreb, ou si elle exercerait sur l'Égypte son protectorat par l'intermédiaire de la reine et de la dynastie.

César avait choisi la seconde solution. S'y serait-il tenu ? On l'ignore. On sait, du moins, que ses adversaires préféraient la première. Elle convenait mieux à leurs appétits de rapines. Mais César était trop constructeur d'empire pour ne pas détester les destructions inutiles. Malgré ses faiblesses et ses abus, la dynastie des Lagides durait depuis plusieurs siècles. Ses origines macédoniennes lui conféraient une grande noblesse. Rome ne disposait pas d'un personnel suffisant pour le substituer à l'administration hellénistique. Si celle-ci devait être maintenue, convenait-il de la décapiter ?

Cléopâtre, quand elle arrive à Tarse, désire évidemment qu'Antoine poursuive la politique pratiquée par César. Elle sait qu'il a besoin d'argent. C'est pourquoi, avant de chercher à le séduire, elle veut l'éblouir. D'où l'étalage de luxe auquel elle apporte un excès quelque peu ostentatoire. Elle apparaît sur le Cydnus, sous un baldaquin doré, entourée de garçons déguisés en cupidons qui l'éventent avec des plumes d'autruche multicolores. À ce tableau vivant pour Folies-Bergère, succèdent les fêtes pour cinéma en Technicolor. Elle veut des tapis, des murs en pétales de roses collés sur toile. Elle parie avec Antoine que le déjeuner qu'elle lui offrira coûtera plus de vingt millions, et, pour rendre toute contestation impossible, elle jette dans le vinaigre une des perles inestimables qu'elle porte aux oreilles.

Antoine aimait les femmes, les fêtes, et tout ce qui est théâtral. Il fut impressionné, les luxes égyptiens dépassaient de loin ceux de Rome. On peut croire aussi qu'il plut à Cléopâtre. Il avait à peine quarante ans, ressemblait, dit-on, aux statues de Bacchus et d'Hercule. Très vigoureux, viveur, sensuel, généreux, brave, adoré de ses soldats, il ne comptait pas ses bonnes fortunes.

L'a-t-elle estimé ? C'est plus douteux. Pour se l'attacher, elle affecte une grossièreté de langage et de façons qui ne lui semble pas naturelle. Elle se déguise en homme pour courir avec lui les quartiers mal famés d'Alexandrie. Elle jure, elle sacre, fait des plaisanteries d'un goût douteux. Elle a un peu l'air de la grande dame qui a pris pour amant un boxeur.

Cette Cléopâtre déchaînée ne semble avoir existé que durant l'année – 41. Dès le départ d'Antoine, on cesse de jeter les perles, on ne fait plus d'esclandres, on administre son patrimoine.

Antoine d'ailleurs ne tarde guère à la quitter, quoiqu'il l'ait rendue enceinte. Les nouvelles de Syrie étaient mauvaises, les Parthes multipliaient leurs incursions. Les nouvelles de Rome et d'Italie, elles aussi, n'étaient pas bonnes. Le frère, les amis d'Antoine, et surtout sa femme Fulvie provoquaient Octave, sans lui nuire efficacement. La flotte-pirate de Sextus Pompée compromettait le ravitaillement de la ville. La politique de répression d'Octave n'allait pas sans cruauté, et le désordre des esprits était tel que Sextus Pompée devenait de plus en plus populaire dans la ville qu'il affamait.

La séparation

Pour parer à tous ces périls, Antoine s'installe en Grèce. Il y restera plus de trois années, sans revoir Cléopâtre, sans connaître les deux jumeaux qu'il lui a donnés : un garçon, Alexandre, une fille, Sélènê.

Sa femme Fulvie, elle, vient à Athènes, et d'ailleurs pour se disputer avec lui. De retour en Italie, elle meurt inopinément à Sicyone. Quand il l'apprend, Antoine cherche tout de suite à profiter de sa mort, pour se réconcilier avec Octave, non pour épouser Cléopâtre.

Octave n'était pas moins désireux que lui de conciliation. Sa brutalité lui avait aliéné l'opinion et il s'était fait battre par Sextus Pompée. Mais Antoine aussi se trouvait dans un certain désarroi : pour continuer la grande politique orientale de César et de Pompée, il sentait que Rome était trop divisée.

Antoine fit donc expliquer à Octave que de tous les actes hostiles qu'il pouvait lui reprocher, Fulvie seule était responsable. Et Octave, qui avait débauché quelques-unes des légions d'Antoine, assura l'avoir fait seulement par crainte qu'elles se mettent au service de Sextus Pompée. Chacun des triumvirs se disculpait envers l'autre.

À l'automne de l'année – 40, un accord fut donc conclu à Brindes ; Octave garderait l'Italie et les provinces occidentales, Antoine les provinces orientales, le Maghreb revenant à Lépide. C'était, trois siècles avant la lettre, la division de l'empire par Dioclétien ; c'était aussi, et surtout, la paix, du moins la trêve.

Pour sceller l'accord, Octave donnait en mariage à Antoine sa demi-sœur Octavie, toute jeune veuve dont chacun vantait les vertus et la beauté. Mariage politique, bien sûr. Mais dans les amours avec Cléopâtre, la politique aussi jouait son rôle. Octavie, en tout cas, fut une excellente épouse ; elle lui donna deux filles, que, tendrement, elle appela l'une et l'autre, Antonia. Elle réussit à ne jamais trahir son mari dans le conflit qui l'opposa à son frère. Fidèle à sa mémoire, elle éleva, avec ses propres enfants, ceux qu'il avait eus de Cléopâtre.

Les années qu'il a passées avec elle en Grèce ont été sans doute les plus heureuses de sa vie, après la mort de César. Il s'épanouit. Ses armes triomphent en Syrie. Les Parthes, commandés par Pacorus, le fils préféré de leur roi, venaient d'attaquer en force la Syrie. Ventidius, le lieutenant d'Antoine, les repousse, les bat, tuant même Pacorus.

Cette victoire tombait presque le jour anniversaire du désastre que, seize années auparavant, Crassus avait subi à Carrhes. Rome ne l'avait jamais oublié. Quand elle sut que Crassus était vengé, l'enthousiasme public fut tel qu'on décréta le triomphe, non seulement pour Antoine, mais pour Ventidius, mesure sans précédent.

Octave, au contraire, pendant toute cette période, allait d'échec en échec, et voyait sa popularité baisser de plus en plus. Sa flotte avait été détruite à Scylla par Sextus Pompée. Son mariage avec Livie avait fait scandale. Elle était la femme de Tibérius Néro, et enceinte de six mois. Octave, affolé par sa grande beauté et sa vive intelligence, oblige Tibérius Néro à divorcer, à adopter Livie pour fille, à la doter, et à assister à son mariage avec elle. Rome avait vu beaucoup de choses, elle fut quand même choquée par le sans-gêne du triumvir envers une de ses plus illustres familles.

Antoine se trouve donc au plus haut de sa prospérité, il se désintéresse complètement de Cléopâtre et de ses enfants égyptiens. La politique l'amène bientôt à s'en souvenir. Il veut entreprendre cette grande expédition de Perse, que César avait si soigneusement préparée, et dont il lui avait communiqué les plans. En effet, tant que Rome n'avait pas abattu les Parthes, sa domination sur l'Orient dont, depuis deux siècles, elle vivait, restait précaire. La victoire d'Antoine devait rendre inébranlable l'Empire, et aussi l'autorité du général vainqueur. César l'avait compris.

L'histoire n'a fait que confirmer ces vues. La grandeur de l'empire romain n'avait été rendue possible que par l'extraordinaire évanouissement de la Perse achéménide sous les coups d'Alexandre. À mesure que la Perse recouvre ses forces, la croissance de l'empire s'arrête. Et quand les Sassanides, succédant aux Parthes arsacides, reconstitueront la grandeur perse, l'empire romain se divisera et sera bientôt envahi par les Barbares.

Antoine a sans doute considéré que, seule, la victoire sur les Parthes pouvait justifier à Rome l'institution du pouvoir monarchique, et que l'erreur de César avait été de vouloir l'imposer aux Romains avant d'avoir conquis la Perse.

Cette conquête est donc le grand dessein d'Antoine, le but de sa vie. Pour la faire, il lui faut des troupes, des alliés, de l'argent.

Les troupes ? Il en a d'autant plus que, par l'intermédiaire d'Octavie, il obtient d'Octave l'échange de 130 vaisseaux contre 20 000 hommes.

Les alliés ? L'Orient lui offre toute une cour de rois.

Reste l'argent. L'Italie est ruinée par la guerre civile, Cléopâtre est son seul secours. Aussi la convoque-t-il à

Antioche, comme il l'avait déjà convoquée à Tarse, trois ans et demi auparavant.

S'il était mort à cette date, personne n'aurait sans doute parlé de ses amours avec elle. Il avait gardé envers Cléopâtre moins de ménagements encore que César. Son séjour à Alexandrie avait duré à peine six mois, pendant lesquels il s'était comporté en débauché plus qu'en amoureux.

Et lorsqu'il revoit la reine à Antioche, c'est pour les raisons politiques et militaires les plus sérieuses. De nouvelles négociations s'ouvrent entre eux, où les espoirs, les méfiances, les projets, les rancunes, l'argent, la politique, vont se mêler dans une extrême confusion.

La position de Cléopâtre est plus forte qu'à Tarse, parce que les besoins d'Antoine sont plus grands : il demande à l'Égypte, non seulement un concours financier, mais une alliance totale. Il veut que Cléopâtre s'engage avec lui dans la guerre parthique.

Cléopâtre en mesure mieux que quiconque les dangers, elle connaît l'Orient et la force des Parthes : faciles à vaincre quand ils sortent de leur pays, ils deviennent invincibles dès qu'il y rentrent. Le succès de Ventidius ne l'éblouit pas.

Non seulement la victoire d'Antoine lui semble incertaine, mais elle peut se demander si elle doit ou non la souhaiter. Les Parthes anéantis, quel motif resterait-il à Rome pour ménager l'Égypte et à Antoine pour ménager Cléopâtre ? Que deviendrait le libéralisme des Romains s'ils n'avaient plus à compter avec aucun ennemi ? Les Parthes n'étaient-ils pas, au fond, les garants de l'indépendance égyptienne ? N'était-ce pas à eux, en grande partie, que Cléopâtre avait dû la bienveillance du César ?

Assurément, la reine ne pouvait opposer un refus à Antoine : il avait la force, il était le maître, mais elle pouvait marchander et elle le fit. Elle obtint qu'il devienne co-roi d'Égypte avec elle, comme César avant lui ; elle obtint même qu'il l'épouse. Ce mariage garantissait à la fois l'autonomie de l'Égypte par rapport à Rome et la dynastie des Lagides par rapport à l'Égypte. Le trône de Cléopâtre devenait plus solide, dès lors qu'Antoine le partageait et il fallait qu'il le devienne, si elle devait exiger du peuple égyptien un grand effort militaire et financier pour une guerre qui ne l'intéressait pas.

Antoine épouse donc Cléopâtre, sans pour autant divorcer d'avec Octavie ; il estime tout simple d'être à Alexandrie, le mari de Cléopâtre et, à Rome, celui d'Octavie.

La reine lui demande en outre des garanties pour elle, pour ses enfants, pour son pays. Il promet. Que lui coûtent les promesses ? L'habileté de la reine ne peut empêcher qu'il lui faille donner au comptant et recevoir à terme, livrer de l'or contre des traites trop faciles à protester. Antoine, d'ailleurs, lui en veut de tout ce qu'il lui concède. Sa nouvelle grossesse ne l'attendrit même pas. D'Antioche, où il a concentré ses troupes, elle le suit jusqu'à Zeugma, mais il lui reproche de s'immiscer dans ses rapports avec les rois d'Orient, ses alliés, et il exige qu'elle rentre à Alexandrie. Elle prend donc le chemin du retour.

Elle devait être en bien mauvais termes avec lui, car Hérode, roi de Judée, sur le territoire duquel elle devait passer, envisagea de la faire assassiner ; il pensait plaire ainsi à Antoine. Ses conseillers l'en dissuadèrent avec raison : même si Antoine avait été content d'être débarrassé de Cléopâtre, il aurait été moralement tenu de la venger. Hérode abandonna ses projets meurtriers, mais qu'il les ait conçus, montre assez le fonds que la reine pouvait faire sur son nouvel époux.

Comment l'aurait-il traitée, s'il avait été vainqueur? Le fait est qu'il fut battu, perdant 20 000 fantassins, 4 000 cavaliers, encore heureux de ne pas en perdre davantage. Affamés, assoiffés, harcelés par les Parthes, ses soldats devenaient fous. Seules, la valeur d'Antoine, son action personnelle sur l'armée lui épargnèrent un désastre analogue à celui de Carrhes. Grâce à lui, tout ne fut pas perdu, et l'honneur, assurément, resta sauf. Mais Cléopâtre le trouva bien dépenaillé, hagard, et d'ailleurs ivre, quand elle vint le chercher sur ses navires, près de Sidon.

Les amants terribles

À partir de ce moment, leurs rapports deviennent tragiques, parce que l'un et l'autre sont ballottés entre les contradictions et les illusions.

Antoine avait espéré que la victoire sur les Parthes résoudrait tous les problèmes que sa politique orientale posait à Rome et dans l'Orient. Maintenant, il se trouve tiraillé entre Rome et l'Orient. L'un et l'autre lui restent nécessaires, l'Orient pour maintenir sa prééminence dans la République, Rome pour maintenir sa domination sur l'Orient. Mais Rome regarde l'Égypte avec concupiscence et l'Égypte regarde Rome avec méfiance. Antoine n'est pas adultère, comme on le lui reproche, mais essentiellement bigame, parce qu'il se veut à la fois proconsul et pharaon.

Irrésolu aussi, parce qu'il ne veut pas renoncer à sa revanche sur les Parthes, et qu'il n'ose cependant pas entreprendre contre eux une nouvelle expédition : l'Égypte ni Rome ne lui en offrent les moyens.

Cléopâtre sait mieux ce qu'elle veut : un grand empire égyptien indépendant. Mais elle ne peut garder son autorité en Égypte et l'étendre au-delà de l'Égypte, que par Antoine et la force de ses légions.

Et elle ne peut compter sur Antoine que dans la mesure où il a besoin d'elle. Elle n'avait pas désiré sa victoire sur les Parthes, elle ne désirera pas davantage la victoire sur Octave, C'est qu'il lui faut Antoine, mais un Antoine menacé. Elle est son associée, mais aussi son adversaire ; il est son mari, mais aussi celui d'Octavie.

De fait, quand il était au zénith de sa puissance, il l'avait abandonnée. Son influence sur lui, à présent, ne va pas cesser de croître, mais c'est que lui-même ne va pas cesser de perdre, et sur tous les tableaux.

Pendant qu'il échouait dans son expédition de Perse, Octave était enfin venu à bout de Sextus Pompée, et s'était approprié le Maghreb, rendant Lépide à la vie civile. « Le monde n'avait plus que deux mâchoires », mais à la démission de Lépide, Octave gagnait tout, et Antoine rien.

Cléopâtre, pour le mieux détourner d'une nouvelle expédition parthique, lui conseilla de faire, en Arménie, une campagne de pillage, d'ailleurs sans risques, et d'où il ramena un important butin, mais son prestige n'en fut nullement accru chez les Romains. Ils comprirent que cette victoire n'était pas la leur ; ils savaient trop qu'ils avaient beaucoup à craindre des Parthes et rien du tout des Arméniens. Leur froideur confirma Antoine dans sa décision de célébrer son triomphe à Alexandrie, au scandale de Rome ; il rend public son mariage avec Cléopâtre, presque clandestin jusque-là. Il réunit à l'Égypte, la Crète, la Phénicie. Il assure l'avenir de son fils Alexandre qui aura l'Arménie, de sa fille Sélènê qui aura la Syrie. Il fait davantage : il proclame les « droits » de Césarion, ce qui constitue un défi à Octave, héritier légal de César.

Octave dénonce donc avec véhémence les donations d'Alexandrie, il les présente comme des abandons honteux, que seule explique la passion d'Antoine pour Cléopâtre. Il exagère leur portée : installer ses propres enfants sur des trônes orientaux pouvait flatter l'orgueil d'Antoine, mais celui du peuple et du Sénat pouvait, lui aussi, être flatté de voir la famille d'un grand proconsul régner sur des royaumes illustres.

La célébration d'un triomphe dans Alexandrie pouvait, sans doute, paraître offensante à Rome : elle n'avait pas cru que la victoire d'un de ses généraux pût jamais être fêtée loin du Capitole. Mais des citoyens réfléchis devaient comprendre qu'Antoine avait la tâche de maintenir la domination romaine sur l'Orient méditerranéen et que cette tâche était rendue difficile par l'épuisement de la République. L'Italie, incapable de lui donner une aide matérielle, ne pouvait-elle admettre qu'il dût faire quelques concessions verbales et morales ?

En fait, il est probable que les donations d'Alexandrie furent inspirées à Antoine moins par ses amours que par son anxiété devant la conjoncture politique de plus en plus inquiétante, puisque l'ordre ne se rétablissait pas en Italie et que la puissance militaire des Parthes restait intacte.

D'ailleurs, il a beau jouer au monarque égyptien, ses regards restent tendus vers Rome. La guerre civile paraît inévitable, parce que les forces d'Octave ont trop augmenté pour qu'il cède, et que celles d'Antoine, néanmoins, restent trop considérables pour qu'il s'incline devant son ancien associé.

Comme les rapports des deux rivaux s'enveniment, Antoine concentre à Ephèse ses troupes et celles de ses alliés, dont l'Égypte. Ses amis romains restent nombreux,

400 sénateurs viennent de Rome le rejoindre à Ephèse. La présence et l'arrogance de Cléopâtre les exaspèrent, aussi Antoine l'adjure-t-il de partir, mais elle refuse. Il ne peut plus imposer sa volonté, parce qu'auprès de lui, le parti égyptien est devenu trop puissant.

Le cœur d'Antoine, d'ailleurs, n'est pas moins divisé que son entourage. Il boit, fait boire les autres, pour noyer dans le vin les disputes qui, sans cesse, se rallument.

C'est que personne ne voyait le moyen d'empêcher la guerre civile, mais que personne non plus, ne désirait la faire. Les Romains étaient las des proconsuls rivaux et des proscriptions successives ; les soldats d'Antoine répugnaient à se battre contre ceux d'Octave, qui eux-mêmes ne s'y résignaient pas mieux.

Aussi Octave et Antoine passent-ils plus d'un an à se défier l'un l'autre, sans engager aucune opération. Octave somme Antoine de venir se battre en Italie, Antoine refuse et propose un duel. Octave demande que leurs armées s'affrontent à Pharsale. On négocie pour fixer le lieu de la bataille que chacun hésite à livrer.

Les amis d'Octave ont insisté sur les tergiversations d'Antoine, preuve, disent-ils, que Cléopâtre l'envoûtait. Mais Octave ne se montra pas plus résolu.

Puisqu'il ne voulait pas envahir l'Italie, le bon sens commandait à Antoine de se retrancher en Égypte ou en Asie Mineure, et d'attendre qu'Octave l'y attaque, ce que, d'ailleurs, celui-ci n'eût pas fait,

C'était l'opinion et le désir de Cléopâtre, mais Antoine ne pouvait s'y ranger ouvertement, car ses amis romains n'attendaient pas de lui qu'il les installe en Égypte, mais bien qu'il les ramène en Italie, vainqueurs. Aussi concentre-t-il sa flotte dans le golfe d'Ambracie, et son armée en Épire, comme s'il menaçait l'Italie où, pourtant, il ne songe pas à débarquer.

Les disputes entre lui et Cléopâtre deviennent de plus en plus violentes. Il en vient à craindre qu'elle l'empoisonne. Pour en finir avec ces soupçons, elle feint de se réconcilier avec lui ; elle fait servir du vin, tend à Antoine la coupe où elle-même vient de boire et, comme pour donner plus de grâce à son geste, y trempe une des fleurs qui ornent ses cheveux. Antoine va boire, elle l'arrête, en lui disant : « La fleur est empoisonnée. J'aurais pu te tuer tous les jours si je l'avais voulu. »

Déjà, certains partisans d'Antoine, excédés par Cléopâtre, avaient passé à Octave. Peut-être lui ont-ils dit que le vrai dessein d'Antoine était de retourner en Égypte ? Peut-être est-ce le motif qui poussa Agrippa à débarquer en Épire ?

Car Octave semble avoir cherché plutôt un effet de surprise qu'un combat décisif; il ne réussit d'ailleurs pas. Comme il arrivait au golfe d'Ambracie, il trouve la flotte de son adversaire en ordre de bataille. Il se hâte de construire au fond du golfe un camp où il retranche ses troupes que, bientôt, celles d'Antoine encerclent. Ainsi, la flotte d'Octave interdit à celle d'Antoine la sortie du golfe et l'armée d'Antoine interdit à celle d'Octave la sortie du camp. Octave, d'ailleurs, ne prend aucune initiative, Antoine pas davantage. Les deux ennemis, une fois encore, restent immobiles comme s'ils n'osaient pas engager la bataille.

Le mystère d'Actium

Curieuse bataille !

C'est Antoine qui la déclenche. Quel était donc son objectif? Forcer le blocus, semble-t-il. On n'en voit pas d'autre. Car, s'il s'agissait d'anéantir les forces ennemies, la bataille navale n'excluait nullement la bataille sur terre. On a beaucoup dit qu'Antoine avait hésité entre l'une et l'autre, on n'a jamais dit pourquoi l'une empêchait l'autre.

Le fait, c'est que la flotte d'Octave s'interpose entre celle d'Antoine et le large, quand la flotte d'Antoine s'ébranle et l'assaille. Quelques grosses unités d'Antoine sont alors incendiées par les navires plus petits, plus légers et plus maniables qu'Octave avait pris à Sextus Pompée ; il arrive souvent, dans les batailles navales, que les petits mangent les gros.

Le soir commence à tomber, la houle se lève, et ajoute encore à la confusion du combat, quand soudain, les soixante navires de Cléopâtre, qui n'avaient guère donné, et qui restaient intacts, franchissent la ligne de bataille, sortent du golfe, et mettent le cap sur l'Égypte. On comprend mal, d'ailleurs, que la flotte d'Octave – qu'on dira victorieuse – ait laissé échapper une telle proie.

Après Cléopâtre, c'est Antoine lui-même qui passe. Il poursuit la flotte égyptienne, sans qu'Octave essaie de le rattraper. Étrange apathie !

Non moins étrange le comportement d'Antoine : comment un général romain aussi célèbre et aussi brave, peut-il abandonner ses troupes en pleine action ? Mais cette action, la prend-il très au sérieux ? On a donc supposé qu'il n'avait pu supporter de voir Cléopâtre s'éloigner de lui : « L'âme d'un amoureux, dit-on, réside dans un corps étranger. » Mais Antoine n'a pu être très étonné par le départ de la reine : depuis des semaines, lui-même et ses amis ne parlaient pas d'autre chose. Et la bataille avait justement pour but de rendre ce départ possible.

Si d'ailleurs, Antoine, après avoir reçu un coup au cœur, avait fait un coup de tête, il pouvait se reprendre et, Cléopâtre une fois rejointe, tenter de regagner l'Épire et son armée. Ses soldats, pendant plusieurs jours, restèrent devant le camp d'Octave, refusant de croire que leur chef les avait abandonnés.

Cléopâtre et Antoine avaient-ils été atterrés par leur défaite ? Ce n'est pas possible. Dion Cassius lui-même, qui attribue la décision de la reine à « une impatience féminine digne d'une Égyptienne », avoue que le combat restait douteux, quand « elle prit la fuite et en éleva le signal pour ses sujets ». La flotte d'Antoine, endommagée, mais gardant sa supériorité numérique, continuait la lutte : celle de Cléopâtre ne l'avait pas livrée. La panique, dans ces conditions, s'explique mal chez Cléopâtre, et encore plus mal chez Antoine.

Ferrero, l'amiral de la Gravière, et le professeur Kromager, sont persuadés que la reine et le triumvir avaient d'avance combiné leur fuite.

Dès lors, il n'est pas impossible qu'Octave ait connu et favorisé leur projet. Pourquoi s'y fût-il opposé ? Rien ne pouvait mieux le servir.

Actium, en effet, qui n'avait pas été une défaite, s'avéra bientôt un désastre pour Antoine. Peu importait ce qu'avait été la bataille, puisque Antoine avait fui. Ses soldats, ses partisans, n'avaient plus d'autre choix que de passer ou bien au service d'Octave, ou bien en Égypte à celui de Cléopâtre ; ils ne le voulaient à aucun prix.

La reine était plus détestée encore dans l'armée d'Antoine que dans celle d'Octave. C'est une des raisons pour lesquelles la propagande d'Octave contre Cléopâtre prit soudain, au lendemain d'Actium, une efficacité qu'elle n'avait pas eue jusque-là. Les Romains crurent que Cléopâtre avait réellement voulu envahir l'Italie, elle qui avait redouté et peut-être empêché cette invasion. Elle devenait le plus dangereux des ennemis qu'avait affrontés la République, depuis Annibal. Antoine, à présent, ne semblait même plus son allié, son mari, mais son esclave. Tout ce qu'Octave insinuait depuis deux ans parut au-dessous de la réalité. Les soldats d'Antoine se donnèrent à Octave si vite et dans un nombre tel, qu'après s'être demandé comment les vaincre, il se demanda comment les nourrir.

La fin du couple

Octave devait, nécessairement, reconquérir l'Égypte et châtier Cléopâtre des terreurs que, rétrospectivement, elle suscitait dans Rome. Mais il ne se hâta point. L'agonie du triumvir et de la reine dura plus d'un an.

Débarqué en Égypte, cet Antoine qu'on disait incapable de vivre sans Cléopâtre, se déclare incapable de vivre avec elle. Au lieu de l'accompagner dans le palais royal, il s'installe dans une petite maison solitaire qu'il baptise *Timoneum*, en souvenir du célèbre misanthrope d'Athènes. C'était Timon, désormais, non plus Alexandre et César, qui lui servait de modèle ; il lui en fallait toujours un.

Il reçut au Timoneum la visite d'Hérode qui l'adjura de tuer Cléopâtre pour se concilier Octave. Au même moment, celui-ci faisait demander à Cléopâtre de livrer Antoine, mort ou vif, en échange de quoi elle garderait sa liberté, sa vie, son trône. Ils refusèrent tous deux. Mais il est significatif qu'on ait demandé à chacun la mort de l'autre.

Octave débarque. Antoine trouve encore la force de remporter une dernière victoire, devant Alexandrie. À quoi bon ? Ses troupes continuent à déserter. La flotte égyptienne elle-même passe à Octave. Sur l'ordre de

Cléopâtre, croit Antoine. Furieux, il la cherche pour la tuer. On lui dit qu'elle est déjà morte, alors qu'elle était seulement cloîtrée dans le mausolée destiné à sa dépouille, où elle avait entassé ses bijoux. Antoine a honte qu'une femme l'ait devancé dans le suicide, seule voie qui lui parût désormais celle de l'honneur. Il se tue.

Elle aussi. Mais trois semaines plus tard, durant lesquelles, incorrigible, elle ruse avec Octave, qui lui-même cherche à la leurrer. Il veut qu'elle vive, pour la faire figurer dans son triomphe à Rome. Il tâche donc de lui donner des espérances qu'il décevra. Quand Cléopâtre en acquiert la certitude, elle redouble d'hypocrisie pour préparer son suicide, elle parle des bijoux qu'elle offrira à Livie, à Octavie, elle semble résignée, elle va sur la tombe d'Antoine, puis s'enferme avec ses femmes, Iras et Charmion. Les Romains, voyant qu'elle tarde beaucoup, enfoncent la porte. Ils la trouvent morte, Iras à ses côtés, morte elle aussi. Charmion, agonisante, dit que sa maîtresse avait agi « comme il convenait à la fille de tant de rois ». Octave supposa que Cléopâtre s'était fait piquer par un aspic. On n'en sait rien. Elle était experte en poisons. Du moins, sait-on qu'elle s'est tuée par orgueil, non par amour.

Le nez de Cléopâtre

Telles furent les amours d'Antoine et de Cléopâtre. Elles ont donné naissance à une énorme littérature. Si on les en dégage, elles n'apparaissent pas sans quelque sordidité, commandées à la fois par l'ambition, l'argent et la politique.

Sans doute, les cœurs étaient plus durs dans le monde antique que dans le monde chrétien, l'amour courtois n'avait pas encore été inventé. Même si on tient compte de ce décalage, la vie sentimentale de Cléopâtre ne semble vraiment pas enviable. Elle a eu deux frères-maris : le premier voulut la faire tuer et elle a fait tuer le second. César s'est amusé d'elle plus qu'il ne l'a aimée. À Alexandrie, il l'avait sauvée et couronnée, mais à Rome, il la fit venir comme otage plutôt que comme maîtresse ; il reprit sa vie conjugale avec Calpurnia et sa vie extra-conjugale avec beaucoup d'autres femmes. Une reine de vingt ans pouvait espérer davantage d'un amant quinquagénaire, fut-il génial et dictateur.

Antoine l'a quittée au bout de quelques mois, son mariage avec Octavie a donné à Cléopâtre beaucoup de tourments dans le domaine politique sinon dans le domaine sentimental. Il a eu peur qu'elle l'empoisonne, elle a eu peur qu'il l'abandonne et même qu'il la supprime. Avant de se suicider, Antoine a voulu la tuer, non par jalousie, mais parce qu'il la soupçonnait d'avoir conclu un accord secret, contre lui, avec Octave.

En dehors de César et d'Antoine, elle a eu, sans doute, des amants ; elle ne semble avoir éveillé chez aucun ni dévouement ni ferveur.

M. Weigall lui-même – qui s'est fait non seulement son biographe, mais un peu son chevalier servant – estime probable qu'Octavie avait plus de beauté : un front trop bas, un nez trop long, une bouche trop épaisse, un corps trop petit, et un peu trop carré, voilà les renseignements que nous donnent sur Cléopâtre les médailles, les bustes, les statues qui la représentent.

Il est vrai que tout cela ne signifie pas grand-chose : ce ne sont pas toujours les femmes les plus belles qui provoquent les plus grandes passions. Médailles et bustes ne nous permettent d'ailleurs pas d'imaginer le teint, les yeux, les cheveux, la physionomie de Cléopâtre, elle avait probablement beaucoup de vivacité et de vitalité. Mais enfin, sa vie amoureuse a été une suite de déboires plutôt que de triomphes. Celle de Livie qu'Auguste arracha à son mari, qu'il épousa et ne cessa jamais d'aimer et de respecter, vaut sûrement mieux que celle de l'illustre Égyptienne.

On est confondu que l'éloquence et la littérature aient pu faire d'elle la séductrice la plus prestigieuse de l'histoire. C'est la propagande d'Auguste qui transfigura ainsi Cléopâtre. On comprend bien pourquoi.

Il voulait mettre fin aux guerres civiles qui se succédaient depuis Marius, éviter de nouvelles proscriptions, rallier les anciens partisans d'Antoine et même ceux de Pompée, de Brutus et de Cassius.

Antoine, d'ailleurs, avant de devenir son ennemi, avait été son associé, son beau-frère, leurs sangs s'étaient mêlés ; la famille d'Antoine était illustre, ses amis nombreux. Auguste voulut donc expliquer qu'il avait été obligé de le combattre, mais qu'il ne l'avait jamais haï : Antoine était un bon, un grand Romain, digne de la faveur de César et de la confiance publique ; une femme, une femme seulement l'avait brouillé avec Auguste. S'il avait déçu l'amitié d'Octave, l'amour d'Octavie, l'affection du peuple et du Sénat, c'est qu'il avait cessé d'être lui-même : envoûté par les charmes d'une magicienne perfide. Toute grande passion est un délire auquel la condition humaine expose, à tous moments, chacun. Cléopâtre aurait ensorcelé César, s'il avait été moins lucide ; elle aurait ensorcelé Octave lui-même s'il avait été moins prudent. Elle avait détourné Antoine de tous ses devoirs, il n'en gardait pas moins ses grands mérites et son héroïque vertu ; les deux filles d'Octavie pouvaient être fières d'un tel père.

Antoine était d'autant moins coupable que les charmes de Cléopâtre avaient été plus puissants. Il fallait à Auguste une Cléopâtre irrésistible, on la lui fournit. Le mythe grandit et prospéra au-delà des espoirs de ses auteurs mêmes.

C'est que Cléopâtre ne parut pas seulement la séductrice de César et d'Antoine, mais le symbole des tentations orientales auxquelles déjà succombaient les Romains ; Alexandrie les avait fascinés non moins que la reine. C'était la ville de l'or, de la pourpre, de la haute culture, des savants astronomes. Les luxes égyptiens et syriens avaient corrompu la République, Auguste l'exhortait à se reprendre, à revenir aux vertus traditionnelles, à l'austérité de leurs aïeux. On avait triomphé de Cléopâtre, il fallait encore ne pas succomber devant Alexandrie.

Cette croisade d'Auguste pour la frugalité réussit, on le sait, assez mal. En vain, Virgile écrit *les Géorgiques*, célèbre la vie simple des champs, en vain Livie reste à la maison, file la laine, taille et coud les vêtements de son mari, l'ennemi est dans la maison : la fille même d'Auguste étale dans Rome son luxe libertin. Julie venge Cléopâtre d'Auguste, Ovide la venge de Virgile. Sa séduction infernale lui survit.

Aussi bien, contre les traditions romaines, l'Orient disposait d'autres armes que le raffinement des sens et le relâchement des mœurs ; il fermentait d'idées neuves, de dieux nouveaux. Déjà, dans la vie de Cléopâtre, Hérode revient comme un leitmotiv ; au banquet où la reine sacrifie ses perles, succédera bientôt celui où le tétrarque sert à Salomé la tête de saint Jean-Baptiste.

En ce sens, Spengler a raison de dire qu'Octave n'aurait pas dû gagner la bataille d'Actium. Aussi l'a-t-il moins gagnée qu'Antoine et Cléopâtre ne l'ont perdue; mais ils devaient la perdre, le monde futur qu'ils défendaient n'était pas encore né. L'Orient cherchait une religion, l'Occident, un État. Antoine et Cléopâtre n'apportaient ni l'une ni l'autre. Leur défaite était inévitable, mais leur revanche aussi.

Car Auguste ne voulut pas achever l'entreprise de César, il ne voulut pas instituer, dans Rome, la monarchie que César et Antoine avaient jugée nécessaire à l'empire. Mais il ne put arrêter la révolution, il ne fit que la rendre moins radicale et moins efficace. En Égypte, il dut marcher lui-même, quoique à pas feutrés, dans les voies d'Antoine; il la gouverna non en tant que chef de la République romaine, mais en tant qu'héritier de César, associé de Cléopâtre et co-roi d'Égypte.

Ses successeurs ont ressemblé à Antoine plus qu'à lui. Il leur fallut bien tenir compte du fait que l'aristocratie romaine ne suffisait plus, même numériquement, à fournir les cadres de l'empire. Mais les fonctions qu'elle n'était plus en état d'exercer, elle ne consentit jamais à les renoncer. Auguste l'avait confirmée dans l'idée – fausse – que cette démission pouvait être retardée, évitée. Aussi le parti sénatorial a-t-il fait aux Césars les mêmes reproches qu'Auguste avait faits à Antoine : on l'accusait d'être ivre d'amour, on accusera Tibère d'être ivre de méfiance, Claude de sottise, Néron de cruauté. Plusieurs empereurs mourront assassinés, comme César, et les historiens aux gages de l'oligarchie auront beau protester, Rome n'en acceptera pas moins des empereurs syriens, illyriens, africains. Cela justifie assez Antoine d'avoir rêvé que ces empereurs descendent de Cléopâtre et de lui. Les fils du jeune Alexandre ou de Césarion eussent été sans doute plus romains que les Sévère ou que Héliogabale, si purement oriental.

Mais les Romains ont continué à se servir de Cléopâtre pour cacher les fatalités auxquelles ils succombaient. L'histoire donnait toujours davantage raison à Antoine; au lieu de l'avouer, on insistait toujours davantage sur les maléfices de Cléopâtre. Elle incarnait tout ce qui précipitait la décadence de Rome.

En fait, César avait été la grande, la dernière chance de l'empire; elle disparaît avec l'échec d'Antoine, lequel s'avère incapable de mener à bien l'œuvre de son maître. L'aristocratie sénatoriale ne pourra pas gouverner l'empire, mais elle pourra en gêner, en rendre impossible le gouvernement. L'État ne s'adaptera jamais à l'empire, l'armée se séparera de plus en plus de la nation, l'anarchie militaire livrera aux Barbares tout le monde romain. Toute l'histoire de l'empire ne fera que confirmer, de plus en plus, la politique de César et que rendre toujours plus évidente l'erreur d'Auguste.

Mais les Romains, et surtout leur patriciat, le déplorent. Aussi, plus l'événement condamne Auguste, plus sa gloire grandit. À tel point que Dioclétien fera des « Césars » les subordonnés des « Augustes ». Rome s'obstine à préférer, au plus génial de ses fils, ce politicien madré qui veut ruser avec le destin.

À l'erreur d'Auguste et à ses vaines compromissions, à tout ce qu'il veut combattre et ne parvient pas à détruire, à tout ce qui ruine son œuvre, à l'empire lui-même, Rome donna le nom de Cléopâtre. C'est pourquoi sa légende grandit à mesure que le déclin de Rome devient plus manifeste.

Que Cléopâtre ait été la créature, la maîtresse, l'associée de César, qu'elle descende des compagnons d'Alexandre, personne n'en tient plus compte. Elle est « le serpent du Nil », la grande démone à laquelle César peut-être n'échappe que grâce au poignard de Brutus ; elle est l'unique artisan du malheur d'Antoine.

Celui-ci pourtant n'a succombé ni aux charmes de Cléopâtre, ni à sa défaite d'Actium. Actium n'est pas une vraie bataille, ni Cléopâtre une vraie séductrice, elle n'est même pas une ennemie de l'empire. L'adversaire qui tue Antoine, après avoir tué César, c'est l'aristocratie romaine, les « grandes familles » du Sénat. Mais Rome n'a pas voulu en convenir. Et nous ne voulons pas récuser Cicéron, Suétone et Tacite.

La légende de Cléopâtre s'est donc développée d'autant plus que la décadence romaine obsédait davantage les Européens. Plutarque déjà renchérit sur Cicéron, Shakespeare renchérit sur Plutarque et Pascal sur Shakespeare. La séduction de Cléopâtre lui paraît d'autant plus puissante qu'il en voit moins les raisons. Qu'Antoine l'abandonne, la chasse, la trahisse, qu'il épouse Octavie, ne fait que prouver combien il lui est asservi, puisqu'il lui reste attaché malgré ses efforts pour se détacher d'elle. Son charme est d'autant plus effrayant qu'il s'explique moins et qu'on tente davantage de lui résister. C'est précisément son nez trop long qui subjugue. Ce nez prend pour Pascal une valeur métaphysique : il prouve l'absurdité fondamentale d'un monde livré à la fatalité par le péché originel. Pourtant, si un accident funeste « changea la face du monde », ce fut la mort de César – et non pas le nez de Cléopâtre.

La bataille de Poitiers
ou
les complexes de l'Occident

Le mythe

Pour riche que soit la France en grandes batailles, elle n'en a pas vu de plus illustre que celle de Charles Martel contre l'émir Abd-er-Rhâman.

Cette victoire prépare le passage de la « première race » à la seconde, elle annonce le déclin de la dynastie mérovingienne et fonde la grandeur des Carolingiens. Aucun nom, en Europe, n'est plus glorieux que celui de Charlemagne et c'est à Poitiers que son grand-père, Charles, conquiert, pour sa descendance, un premier titre à l'empire d'Occident.

Poitiers, en effet, marque l'arrêt de l'islam qui, depuis un siècle, avait toujours progressé, non seulement à l'est de la Méditerranée, mais à l'ouest de l'Europe. Il s'était implanté en Andalousie. Les Maures avaient converti une grande partie de l'Espagne, et envahissaient la France chaque année. Le duc de Guyenne, trop faible pour leur résister, appela au secours Charles Martel qui, en 732, les battit.

Ils ne purent donc passer le « seuil du Poitou » et ne le passèrent jamais. S'ils avaient gagné la bataille de

Poitiers, la route de Tours était libre, ils pillaient les trésors de Saint-Martin. Peut-être seraient-ils arrivés jusqu'à Paris et y seraient-ils restés ? On verrait alors une Giralda, un Alcazar à la place de Notre-Dame…

Cette idée paraît absurde, mais n'aurait-on pas cru absurde que le christianisme disparaisse dans l'Ifrikia, où avait prêché saint Augustin ? En un siècle, les califes, successeurs de Mahomet, avaient conquis une grande partie du monde. Pourquoi pas la France, comme le Maghreb, l'Égypte et la Perse ?

Charles Martel ne sauve pas seulement le territoire français, il sauve l'Église catholique. Grâce à lui, avec lui, le Croissant cesse de gagner toujours sur la Croix. On comprend que l'Église confie à son fils Pépin, à son petit-fils Charles, le soin de la défendre.

On conçoit aussi l'orgueil légitime qu'a tiré la France de la part prise par ses hommes à la résistance de la chrétienté. Dès la bataille de Poitiers, elle avait le droit de se dire « fille aînée de l'Église » et de prendre la tête des Croisades, en Syrie, au Maghreb.

Toute histoire nationale est mythologie. Dans l'histoire de France, la bataille de Poitiers demeure un mythe fondamental. Quelles vérités exprime-t-il et déforme-t-il ?

Mérovingiens et Carolingiens

Le souci d'exalter les Carolingiens a fait rabaisser les « rois fainéants » au profit de Charles Martel. On le représente comme le ministre énergique d'un monarque incapable, une sorte de Richelieu qui restaura la puissance de l'État affaiblie, jusqu'à devenir nulle, par la paresse et la mollesse des souverains.

Mais les « maires du palais » n'étaient pas des ministres. Ils étaient plutôt le contraire : les délégués, auprès du pouvoir central, d'une féodalité qui devenait plus puissante à mesure que celui-ci devenait plus faible. Si on veut des comparaisons, ils ressemblaient plus aux Guise qu'au chancelier de l'Hospital, à Montmorency qu'à Richelieu, à Retz qu'à Mazarin.

Charles Martel n'est pas l'énergique restaurateur d'un trône vermoulu, mais le dernier et le plus sérieux des concurrents qui se croyaient en droit d'y prétendre.

Les Mérovingiens, depuis longtemps, n'étaient même plus capables d'intervenir dans les rivalités de leurs féodaux neustriens et australiens. L'ost d'Austrasie avait triomphé à Tertry, avant d'être battu à Compiègne par les Neustriens. Charles Martel allait assurer la victoire de l'Austrasie.

Quant aux rois mérovingiens, nous les connaissons mal. Leurs temps sont obscurs. Les données de l'archéologie et de l'épigraphie sont très minces. Les idées que nous nous faisons d'eux sont donc vagues, et probablement fausses.

Nous voulons, en effet, que la société mérovingienne ait été très jeune. Elle fut plutôt décadente et sénile. Nous nous sommes habitués à voir des signes de barbarie, et aussi de jeunesse, dans les meurtres, les supplices de Clotaire, de Brunehaut, de Frédégonde, dont Augustin Thierry nous a fait des récits tellement colorés.

Mais la cruauté n'est pas moindre dans les sociétés vieillies que dans les sociétés jeunes, tout au contraire. Le XIXe siècle était en droit de l'oublier, l'expérience du XXe siècle aurait pu et dû nous en faire souvenir.

La monarchie mérovingienne n'a pas été un enfant vigoureux et méchant qui remplaçait la *Romania* morte, elle fut plutôt un prolongement, toujours plus exténué, de l'ordre romain, un liquidateur qui avait pris en charge une portion de l'empire failli, et qui voyait s'amenuiser sans cesse le capital dont il avait la gestion.

On avait gardé les cadres administratifs de l'empire, mais il devenait toujours plus difficile de trouver un personnel capable de les remplir. On avait maintenu le système monétaire, mais les « sous d'or » devenaient de plus en plus rares et ils étaient de moins en moins bien frappés.

Les rois fainéants ne pouvaient plus rien faire, l'appareil qui aurait dû exécuter leurs décisions s'étant décomposé. À mesure que l'État tendait à se décomposer, la féodalité tendait à se confondre avec lui. Ce processus, qui se poursuivait depuis plusieurs siècles – en tout cas depuis Dagobert –, menait vers un désastre inéluctable. *Il se fut produit, même si la bataille de Poitiers avait été indécise, ou si elle n'avait pas eu lieu.*

Elle a seulement consolidé la situation de Charles Martel et des pépinides, par rapport à leurs pairs austrasiens et leurs rivaux neustriens. Sans elle, Pépin le Bref ne serait peut-être pas devenu roi, mais les Mérovingiens n'en auraient pas moins cessé de l'être : ils représentaient un système qui ne signifiait plus rien.

Le saint-siège

Pas plus qu'il ne songeait à restaurer la monarchie – ni même à la supplanter – Charles Martel ne pensait à devenir le porte-drapeau du saint-siège.

Ses rapports avec l'Église ne furent pas excellents. Il respectait peu les biens et les prérogatives des évêques. Il était d'ailleurs venu à Poitiers pour soutenir le duc Eudes d'Aquitaine. Or, celui-ci avait sollicité et obtenu, contre l'émir Abd-er-Rhâman, l'appui du chef berbère Othman, lui-même musulman.

C'est Pépin le Bref qui, s'étant fait roi et comprenant que sans l'aide du saint-siège, sa couronne serait précaire, sa légitimité contestée et sa politique inefficace, devint l'allié, le soldat du pape. Il le défendit contre les rois lombards, que Charlemagne devait détruire. Son couronnement a scellé une alliance qui, en 732, n'était ni conclue, ni même envisagée. Il a néanmoins conféré, rétrospectivement, à la bataille de Poitiers un sens que personne ne lui attribuait le jour où elle fut livrée.

Poitiers, illustre méconnue

En effet, les contemporains ne semblent pas avoir senti l'importance de cette bataille œcuménique. Nous ne parvenons pas à connaître le lieu exact où elle se déroula. Dieu sait pourtant si les archéologues ont fouillé ! En vain. C'était « près de Poitiers », nous dit-on. Les Poitevins, les Français n'ont même pas commémoré, par un ossuaire, une chapelle ou une simple stèle, la date et la place d'un combat qui les sauva ; l'Église, pas davantage !

Sans doute, elle était bien faible au VIIIe siècle. L'Europe n'était pas encore la grande bâtisseuse qu'elle allait devenir au XIe siècle. Pourtant, l'Église a toujours gardé, fût-ce aux époques les plus sombres, un sens aigu de l'événement et de la cérémonie.

Les chroniqueurs étaient rares au temps de Charles Martel. Grégoire de Tours meurt à la fin du VIe siècle et le cycle des chroniqueurs français ne s'ouvre qu'au

XIIe siècle, avec Villehardouin. Quand même ! L'occident médiéval chantait des hymnes : la victoire de la chrétienté sur l'islam en méritait bien un.

D'autre part, si le VIIIe siècle est, pour la catholicité romaine, une époque de misère et de silence, il est, pour le monde musulman, une époque de haute culture. L'âge d'or, sans doute, viendra un peu plus tard, dans la Perse des abbassides et le Califat de Cordoue, à la fin du siècle. La culture sarrasine n'en avait pas moins, dès le début de ce VIIIe siècle, ses artistes, ses savants, ses annalistes. Les grands historiens arabes ou berbères du XIIIe et du XIVe siècles ont trouvé des documents assez nombreux, pour retracer en détail le passé de leur peuple.

Or, c'est à peine s'ils mentionnent la bataille de Poitiers. M. E.-F. Gautier avoue sa surprise en voyant qu'ils se bornent à en faire « une mention très sèche ». Pour les historiens arabes Le Bayan et Ibn-el-Affiz, « le gouverneur d'Espagne Abd-er-Rhâman entreprit, dans le pays des Francs, une nouvelle expédition où lui et les siens trouvèrent le martyre », sans préciser si ce fut à Poitiers. Pour eux, conclut M. Gautier, « la bataille de Poitiers a été un incident sans importance » et non une bataille décisive ayant engagé le sort de l'islam maghrébin. Aussi déposent-ils une petite gerbe sur la tombe de leurs morts, et passent outre.

Byzance qui, à l'époque, est pleine d'écrivains, de chroniqueurs, d'historiens, ne nous renseigne pas davantage, quoiqu'elle ait, nécessairement, suivi de près les hauts et les bas de l'expansion musulmane.

Tout se passe donc, dans l'Europe latine et dans l'Europe grecque, dans le monde arabe, comme si la bataille de Poitiers n'avait marqué que la fin, d'ailleurs obscure, d'un de ces raids habituels aux cavaliers arabes, où l'on s'intéresse moins au terrain conquis qu'au butin rapporté.

La révolution kharedjite

L'entreprise d'Abd-er-Rhâman s'inscrit bien, d'ailleurs, dans une série de razzias : en 721, les Maures arrivent aux portes de Toulouse ; en 725, ils pillent Carcassonne ; en 732, ils tentent de prendre Poitiers, Angoulême… Charles Martel les retrouvera encore en 737, au sud de Narbonne.

Le fait est pourtant, qu'après 737, ils ne reviennent pas en Guyenne. Ce sera bientôt, au contraire, Charlemagne qui s'aventurera dans les Pyrénées. Son expédition ne fut pas heureuse, et Roncevaux évoque, pour les poètes chrétiens, des images mélancoliques. Ce sont quand même les Francs qui descendent, et non plus les Maures qui remontent le chemin de Poitiers à Pampelune.

La bataille de Poitiers semble donc bien se situer à une ligne de partage des eaux, en deçà de laquelle les Maures avancent et au-delà de laquelle ils tendent à reculer. Mais nous savons aujourd'hui que ce changement tient à la révolution kharedjite beaucoup plus qu'à Charles Martel.

La révolution kharedjite du Maghreb, n'est pas mentionnée dans nos manuels d'histoire. Elle n'en fut pas moins un événement considérable. Elle éclate en 740, vers Tanger, et se propage, comme une traînée de poudre, jusqu'à Kairouan, par le Sebou et Tlemcen. En 740, première grande bataille – la « bataille des nobles » – entre les Kharedjites et l'autorité arabe. En 741, deuxième bataille, sur le Sebou, où l'émir Koltoum est tué. En 742, près de Kairouan, revanche arabe à El-Carn. En 757, les Kharedjites ravagent Kairouan, les Arabes la reprennent, mais doivent renoncer à Tlemcen. La pacification ne sera achevée qu'à la fin du VIIIe siècle.

Cette insurrection de soixante années fut, pour le Maghreb, une effroyable catastrophe. Les Kharedjites étaient essentiellement des Zénètes, nomades de la montagne ou du désert, hérétiques – puisqu'ils ne reconnaissaient pas le califat omeyade – piétistes, ennemis par nature et par idéologie, de tout ce qui signifie pour nous le mot *civilisation*. Les villes, les cultures créées par leurs éternels ennemis les Sanadjah, sédentaires de la côte, excitaient à la fois leur envie et leur fureur. L'histoire du Maghreb a été, pendant des siècles, le dialogue sanglant de ces tribus citadines, rurales, amies de l'ordre, soumises aux Carthaginois, aux Romains, à Byzance, aux califes omeyades enfin, et de ces tribus nomades du désert ou de la montagne, hostiles à tout pouvoir central, héroïques, haineuses, miséreuses, fières souvent de leur pauvreté même, qui professaient la chevalerie et pratiquaient le brigandage.

Le kharedjisme était une hérésie déjà ancienne, quand les Zénètes le découvrirent. Il désignait ceux des compagnons d'Ali, gendre de Mahomet, qui s'étaient séparés de lui, quand il accepta de négocier avec son adversaire, l'omeyade Moawia. Ali avait d'ailleurs été tué par Moawia. Parmi les nombreux musulmans fidèles à sa mémoire, les Kharedjites se montraient de beaucoup les plus exaltés et les plus violents ; ils s'étaient insurgés non seulement contre l'accord d'Ali avec Moawia, et le parti abusif que ce dernier en avait tiré, mais contre le principe même de toute négociation avec un chef qui se prétendait calife, alors qu'il ne descendait en aucune façon du Prophète. Le kharedjisme était donc, avant tout, intransigeance ; il devint anarchie. Les tribus nomades du Maghreb l'adoptèrent avec passion. Il justifiait à la fois leur opposition à l'autorité du califat, leur haine du travail productif, de la vie sédentaire, et leur désir de piller et de détruire l'ouvrage d'autrui. Ces puritains farouches démolissaient une maison quand ils avaient besoin d'un caillou, abattaient un arbre quand ils avaient besoin d'un fagot. Le kharedjisme les persuada qu'en le faisant, ils servaient la cause du vrai dieu. Ils brûlèrent donc les récoltes, les forêts, desséchant ainsi les vallées.

Au Maghreb, comme en Sicile, la stérilité du sol tient plus à la furie des hommes qu'à l'avarice de la nature. Jamais cette furie ne fut plus grande que pendant la révolution kharedjite. Les villes et les cultures qui s'étirent, comme un chapelet, de Tanger à Kairouan et à Tripoli, subirent pendant plus d'un demi-siècle des agressions dont elles ne se sont pas remises.

Le kharedjisme ruina l'œuvre accomplie au Maghreb par les califes omeyades de Damas, et même celle des gouvernements antérieurs. Les califes avaient d'abord dû surmonter la résistance des populations chrétiennes. Mais les mêmes raisons qui avaient porté les Sanadjah à défendre l'ordre ancien, les firent se rallier à l'ordre nouveau : ils voulaient adorer, tranquillement, un Dieu un, à l'ombre d'un État fort. L'Islam les combla d'autant plus que les gouverneurs arabes les menèrent en Andalousie ; ils y trouvèrent un pays semblable au leur, qu'ils firent prospérer. Ils y restèrent jusqu'au XVe siècle. Le mariage des Maures berbères et de l'Andalousie ne fut rompu que par la force des armées castillanes. Sa rupture, d'ailleurs, s'avéra funeste, plutôt que bénéfique, pour le peuple et le pays andalous. Dès le VIIIe siècle, l'union hispano-mauresque était suffisamment solide pour résister à la révolution kharedjite elle-même. Toutefois, le centre de cet empire fut déporté du Maghreb en Espagne. Ses liens avec Damas étant rompus, Cordoue devint la capitale, bientôt splendide, du nouveau califat.

Le royaume de Fez, lui aussi, fut une conséquence indirecte de l'insurrection kharedjite. Fez, fondée par ses victimes, fut bâtie avec un soin, une sagesse qui semblent, en Occident, aller de soi, mais qui sont rares au Maghreb et dans tout l'Orient où la création des villes tient plus aux caprices des princes qu'à la nature des choses. Fez ne fut pas l'expression d'un désir de magnificence, mais un réflexe de défense après une grande peur, analogue à celle qui fit construire Venise par les riverains de l'Adriatique, épouvantés par les Barbares.

Si les Kharedjites ont suscité malgré eux le royaume idrissite de Fez et contribué à la prospérité de Cordoue, ils ont été, volontairement et consciemment, les grands colonisateurs du Sahara. La plupart des oasis ont été irriguées et plantées par eux ; relais, magasins, repaires de ces éternels errants, et aussi objet de leur amour.

Les Kharedjites, leurs pillages, leurs destructions et même leur œuvre constructive, limitèrent la puissance d'attraction du monde hispano-mauresque, qui ne put englober la France. *La bataille de Poitiers masque à la fois et souligne leur insurrection. Cette date qui, à l'analyse, semble recouvrir le vide, rappelle, en vérité ce grand événement.*

La méconnaissance du kharedjisme a permis d'attribuer aux expéditions maghrébines sur l'Europe du sud-ouest, un caractère pathétique qu'elles n'avaient pas. Le fanatisme musulman n'était le fait ni des Maures convertisseurs, ni des Espagnols convertis, ni du califat omeyade lui-même.

Moawia, son fondateur, avait bien été le secrétaire de Mahomet, mais sa famille avait violemment combattu l'islam (sa mère portait, en collier, les oreilles des musulmans coupées par son mari).

Fixés à Damas, les omeyades étaient devenus syriaques. Ils buvaient du vin, certains d'entre eux, après boire, tiraient à l'arc sur le Coran. Ils se montrèrent d'autant plus tolérants que la loi musulmane exemptait de l'impôt les fidèles et permettait de rançonner ceux qui ne se convertissaient pas.

Parmi tous les peuples sur lesquels ils régnaient, les Sanadjah, vainqueurs de l'Andalousie, étaient les moins exaltés. Dans les soixante-dix années qui suivirent la conquête arabe, ils apostasièrent douze fois. Ils ne persécutèrent, en Espagne, ni les chrétiens ni les juifs. Sans doute n'avaient-ils pas oublié que leurs pères avaient été chrétiens presque tous, et que certains s'étaient convertis au judaïsme. Trop faibles militairement pour conquérir l'Aquitaine, ils étaient, religieusement, trop tièdes pour convertir à l'islam des populations aussi profondément attachées au christianisme. Les Kharedjites auraient imposé « la conversion ou la mort », mais non pas les orthodoxes d'Abd-er-Rhâman.

Même victorieux, même fixés en Guyenne, ses cavaliers n'auraient pas menacé bien gravement le christianisme poitevin. On peut penser qu'ils auraient apostasié une fois encore, plutôt que d'extirper une foi si vive. *En ce domaine encore, il semble bien que la bataille de Poitiers n'ait pris qu'après coup la grande signification que lui attribue l'histoire traditionnelle.*

La bataille de Poitiers et la bataille de Constantinople

Celle-ci n'en a pas moins raison de supposer que le Croissant ayant constamment gagné sur la Croix – depuis la seconde moitié du VIIe à la seconde moitié du VIIIe siècle – son arrêt brusque implique quelque part un choc décisif, comme l'arrêt de la progression perse, en Grèce, implique la bataille de Salamine, et celle des armées allemandes vers Paris, en 1914, la bataille de la Marne.

En effet, une grande bataille s'est bien livrée, entre l'islam et la chrétienté, au début du VIIIe siècle, *non à Poitiers, mais à Constantinople.*

Lutte terrible, elle dura une année entière, d'août 717 à août 718, à la fois sur terre et sur mer : la flotte musulmane mouillait devant Constantinople, pendant que l'armée du général Maslamah assiégeait la ville.

Cette bataille a engagé les destins de l'Europe et ceux de la chrétienté. Si les califes l'avaient gagnée, l'empire d'Orient mourait. Les Balkans auraient subi dès le VIIIe siècle la domination musulmane, à laquelle ils ne devaient d'ailleurs pas échapper, mais six siècles plus tard.

Quelle résistance l'Europe centrale et occidentale aurait-elle pu opposer à l'islam ? Elle n'était pas plus forte au VIIIe siècle qu'au IXe et ne put rien alors contre les Slaves, les Hongrois, les Normands, ni d'ailleurs les Arabes.

L'Europe de l'ouest restait épuisée par les grandes invasions du Ve siècle, contre lesquelles l'empire byzantin avait su se défendre.

Les califes s'étaient déjà emparés des grandes capitales chrétiennes, Alexandrie et Antioche. Si, après elles, Constantinople succombait à son tour, qui pourrait arrêter le Croissant ? Ravenne était encore un exarchat byzantin. Maîtres de Byzance, les califes, du coup, devenaient maîtres de l'Adriatique. Venise n'avait pas encore la puissante flotte qu'elle devait armer plus tard. Constantinople prise, l'islam pouvait se flatter de reconstituer l'empire romain à son profit.

Les califes de Damas avaient une conscience très claire de l'enjeu. Depuis 70 ans, ils préparaient l'attaque de Constantinople. Dès 649, Moawia avait rassemblé une flotte qui devait boucher le Bosphore. L'empereur Constant II, courageusement, avait attaqué, entre Rhodes et Alexandrette, l'armada musulmane qu'il avait suffisamment endommagée pour la contraindre à différer son entreprise.

En 673, Moawia réussit, de nouveau, à mettre ses vaisseaux en ligne devant Constantinople. Mais la ville avait résisté. Le « feu grégeois » lancé par les vaisseaux « siphonophores » avait incendié la flotte musulmane. Moawia dut se résigner à la paix.

En 718, le califat reprend courage. L'empire byzantin était affaibli à l'intérieur par la « querelle des images » qui opposait les moines aux empereurs « iconoclastes », et les ressources du califat omeyade avaient augmenté depuis Moawia.

Instruit par l'expérience malheureuse de 673, le gouvernement de Damas comprenait que Constantinople devait être attaqué en même temps par terre et par mer. L'importante armée du général Maslamah franchit l'Hellespont et assiège la ville, sans rencontrer de résistance.

La situation paraît tragique. Elle préfigure le désastre de 1453. Mais l'énergie de l'empereur Léon III sauve tout. Grâce à lui, Constantinople tient pendant l'hiver, puis jusqu'au printemps de 718, où commence la contre-offensive : l'héroïsme et la haute technique de la marine impériale finissent par avoir raison de la flotte musulmane qui est anéantie peu à peu, navire par navire.

Léon III se tourne alors contre l'armée de Maslamah qui bat en retraite et lui échappe, mais il la retrouvera et la vaincra vingt ans plus tard, en 739, à Acroinon. Le Croissant a enfin été non seulement repoussé, mais défait par une armée chrétienne ! Pour prendre sa revanche de cet échec terrible, l'islam devra attendre les Turcs de Mourad, de Bajazet et de Mahomet II.

Mais ce ne seront plus ni le même islam, ni la même Europe. Les califes étaient les héritiers directs du Prophète par la fonction, sinon par le sang : la religion, la culture qu'ils propageaient étaient leur bien propre ; les Turcs apportaient seulement à l'islam la force de leur appareil militaire et administratif. Ils étaient les soldats, non les créateurs de l'église, de la langue et de la civilisation arabes. Même si leur puissance matérielle était aussi grande que celle des omeyades, leur rayonnement était moindre.

D'autre part, il y a un abîme entre l'Europe du VIIIe et celle du XIVe siècle. L'une n'est que le mélange d'une *Romania* ruinée et d'une barbarie dégénérée. L'autre a bâti les cathédrales, produit les « primitifs » d'Italie et des Flandres, elle a fait la Croisade, créé les grandes municipalités de la Toscane, du Piémont, de la Vénétie, elle a entendu saint François d'Assise et saint Thomas, elle a lu Dante. Quand Mahomet II entre dans Constantinople, la France a déjà vu mourir Jeanne d'Arc ; Christophe Colomb est déjà né à Gênes. Certes, l'Occident était alors bien misérable, ruiné par la guerre de Cent Ans, la Praguerie, divisé par le Grand interrègne et le Grand schisme. Il pouvait être battu – et d'ailleurs il l'a été –, il pouvait difficilement être subjugué.

Au XVe siècle, l'islam garde encore la supériorité militaire, du moins a-t-il perdu la supériorité culturelle. Au VIIIe siècle, il avait les deux. Les chiffres arabes, l'algèbre (que l'Occident ignorait et qu'il lui enseigna), la construction de la mosquée d'Omar et bientôt celle de Fez montraient suffisamment la splendeur de la culture sarrasine. L'islam signifiait alors non seulement la Force, mais l'Esprit.

Vainqueur à Constantinople, il aurait introduit en Europe, par les vallées du Danube, du Rhin, de la Meuse et de l'Oise, un système politique dont la valeur était évidente, et une civilisation qui devait rester, pendant quatre siècles encore, la plus brillante de l'univers.

Le complexe byzantin

C'est pourquoi tout ce que nous disons habituellement de la bataille de Poitiers paraît inexact et faux si on le lui applique, mais vrai et incontestable si on l'applique à la bataille de Constantinople.

Tout se passe comme si, par un transfert familier aux psychanalystes, nous avions substitué Charles Martel à Léon III, l'émir Abd-er-Rhâman au calife de Damas, le raid sur la Guyenne au blocus du Bosphore. Le mythe de Poitiers révèle, comme un lapsus ou comme un rêve, les refoulements de l'Europe occidentale quand il s'agit de Byzance et de son empire.

Cet empire fut grand, son histoire, longue – deux fois plus longue que celle de l'empire romain. Il commence, au début du IVe siècle, avec Constantin, et finit avec Mahomet II, au milieu du XVe siècle, subissant bien entendu au cours de ce millénaire, des fortunes très diverses.

Justinien veut reconstituer l'empire romain, réparer ce que les Barbares ont ruiné ; mais dès Justinien, Byzance doit résister à la pression qu'exerce sur elle la grande Perse des Chosroès : la guerre perso-byzantine dure un siècle et demi. Elle se termine par la victoire de l'islam qui bat, à la fois, les Byzantins et les Perses.

Byzance devra ensuite se défendre, sur sa frontière nord, contre les Serbes, les Russes, les Bulgares. Une fois encore, à la défensive succède la contre-offensive. C'est « l'épopée byzantine » des empereurs macédoniens, admirablement contée par Gustave Schlumberger.

Puis, c'est l'attaque des Turcs seldjoucides, la revanche, sous les empereurs Comnène – la Croisade –, le démembrement de l'empire, sous les coups des Latins, après le sac atroce de 1203 et 1204, sa pénible restauration sous les Cantacuzène et les Paléologue, jusqu'au désastre final et au triomphe des Turcs.

Or, cet empire, dont la vitalité, les redressements parfois inespérés ont stupéfié le monde, on dirait, à nous entendre, qu'il a toujours été décadent.

Nous faisons connaître à nos écoliers Justinien, Théodora, Bélisaire. C'est sans doute qu'on ne peut omettre Sainte-Sophie, et le *Digeste*, et la reconquête de l'Afrique sur les Vandales et l'exarchat de Ravenne. C'est aussi que Justinien paraît encore, à beaucoup d'égards, un césar romain de basse époque, le pâle successeur d'Auguste, d'Hadrien, de Dioclétien. *L'Histoire secrète* de Procope, la biographie séduisante de Théodora concourent à fixer dans les mémoires occidentales ces images hautes en couleur.

Après quoi, il semble que Byzance disparaisse, pour reparaître, agonisante, quand les Turcs l'assaillent. On lui reproche sa faiblesse qui, à l'époque, est pourtant celle de toute la chrétienté. On l'accuse de s'être mal défendue, alors que sa défense concernait tout le monde catholique, que celui-ci a d'ailleurs bien tardivement essayé de la secourir et qu'il s'est fait écraser à Nicopolis par Bajazet. Nous oublions que nous avons nous-mêmes contribué à affaiblir cet empire en le démembrant, en le pillant, deux siècles plus tôt.

On l'accuse d'avoir succombé aux excès de sa propre subtilité, d'avoir « disputé sur le sexe des anges » quand le cimeterre des Osmanlis était déjà levé sur sa capitale.

Mais on passe sous silence la bataille de Constantinople, l'énergie des empereurs isauriens, la haute valeur militaire de Nicéphore Phocas, de Jean Tzimiscès, de Basile II *le Bulgarochtone* qui passa le plus clair de son règne, fort long, à combattre et à chevaucher.

Même dans les années précédant la catastrophe, Byzance fut en réalité moins subtile que déchirée : les empereurs appelaient à l'aide la chrétienté romaine contre les infidèles, leur ennemi commun, mais le peuple de Byzance avait pris en horreur les Latins. Il ne pouvait oublier la croisade de 1203, entreprise contre l'islam et détournée par l'avidité vénitienne, contre la plus grande, et la plus belle des villes chrétiennes. Il pensait que les Vénitiens, les Gênois, les Aragonais lui en voulaient plus de sa prospérité que les Turcs, de sa confession. De fait, quoique la chrétienté grecque parût agonisante, que l'islam eût déjà soumis la plus grande partie des Balkans, la chrétienté latine ne cessait pas d'intriguer contre sa sœur.

Pratiquement, l'Occident chrétien n'a pas eu raison dans ses rapports avec Byzance : en Syrie, les princes francs ne l'ont pas moins trahie qu'ils ne furent trahis par elle. Dès la première croisade, elle a dû se défendre contre ceux qui venaient combattre avec elle leurs ennemis communs. On convoite son réseau commercial au point d'oublier parfois la délivrance même des lieux saints. Le monstrueux détournement de la croisade, par Dandolo, contre les chrétiens d'Orient, n'eût pas été possible sans la longue concupiscence qui le précède.

De toute manière, l'effondrement de l'empire grec a été précipité, causé peut-être par la fin lamentable des croisades, le désastre des royaumes francs de Syrie, les discordes du monde occidental, la guerre éternelle des papes et des césars germaniques, la rivalité des Guelfes et des Gibelins, des rois anglais et des rois français, de Venise et de Gênes, des Aragonais et des Angevins. Les chances de la chrétienté auraient été meilleures si les « Latins » ne s'étaient pas entre-dévorés et s'ils avaient pu maintenir leur union avec les Grecs, union qui, même usée par des trahisons réciproques, avait assuré, au début du XIe siècle, le premier succès de Godefroy de Bouillon et de Baudouin Ier.

Aux malentendus traditionnels de l'Orient et de l'Occident, s'ajouta, entre Byzance et Rome, la querelle du Schisme. Il est remarquable que l'Église romaine, qui a tant parlé du schisme protestant, ait, jusqu'à ces dernières années, si peu parlé du schisme orthodoxe. Les auteurs affectent d'expliquer la révolte de Photius et de Michel Cérulaire par leurs seules ambitions personnelles et leurs arrière-pensées politiques. Il y en eut, bien sûr, il y en a toujours. Ni les princes réformés d'Allemagne, ni les Habsbourg de Madrid et de Vienne n'en furent exempts. Mais le schisme n'aurait pas été possible, et encore moins durable, sans des justifications dogmatiques sérieuses.

Dans ce débat, il est difficile de donner pleinement raison aux Romains. On sait qu'ils modifièrent le texte du *Credo*, affirmant que le Saint-Esprit procédait du Père et du Fils, alors que, pendant cinq siècles, on avait dit qu'il procédait du Père à travers le Fils. Les docteurs grecs soutinrent que, même si cette modification devait être acceptée, il fallait qu'elle fût soumise à un concile général, puisque c'était un concile général qui avait rédigé et fixé le symbole. Le saint-siège se montra intransigeant, et même irréductible, comme s'il lui importait plus de soumettre les patriarches à son autorité que de faire prévaloir sa doctrine chez les fidèles.

Le conflit, qui paraissait bénin, s'avéra et s'avère encore insoluble. Rome fut amenée à regarder comme schismatique l'Église orthodoxe, quoiqu'elle ne pût lui reprocher aucune hérésie. D'où l'ambiguïté prudente de son attitude. Elle admet les sacrements de l'Église orthodoxe, quoiqu'elle tienne cette Église pour condamnable.

Les griefs liturgiques énoncés par l'Église grecque contre l'Église latine sont beaucoup plus futiles encore que le *filioque :* elle reproche à Rome de consacrer des hosties sans levain, qui ressemblent au pain azyme des Juifs, au lieu de consacrer le pain tel que le boulanger le cuit et que l'homme le mange.

On sait aussi que les deux Églises ne s'accordent pas sur le calendrier, et donc sur les dates des grandes fêtes. En matière eucharistique, les Grecs trouvent les Romains trop juifs ; en matière liturgique, au contraire, ils les trouvent trop attachés au calendrier julien.

Rome elle-même comprend mal que des litiges si ténus aient provoqué une séparation si longue, si grave, et parfois si funeste à la chrétienté. Elle a donc incliné au silence, tant pour éviter d'aggraver le conflit que pour oublier ses propres torts.

De là sans doute, l'accusation permanente de « subtilité » contre Byzance – et une tendance à omettre l'histoire, la culture et même la théologie byzantines. La patrologie grecque n'est pas moins vaste, moins belle, moins importante que la patrologie latine. La difficile conciliation de la théodicée juive et de la métaphysique grecque, c'est naturellement à Alexandrie, à Antioche, à Constantinople, que les docteurs l'ont d'abord tentée. L'histoire ancienne de l'Église comporte évidemment plus de textes grecs que de textes latins. Rome ne l'a jamais contesté. Elle a seulement pris et donné l'habitude de se référer beaucoup plus aux pères grecs qu'aux pères latins : ceux-ci sont toujours honorés, mais peu cités, voilà tout. On préfère saint Augustin.

Une censure analogue s'exerce dans le domaine culturel. Pendant six à sept cents ans – du VIe au XIIIe siècles – Byzance a été la plus grande ville de la chrétienté, et peut-être du monde. Pour se représenter son importance, il faut imaginer une ville qui serait à la fois New York, Paris et Rome : capitale du commerce, des arts, de l'Église. Point de rencontre de l'Asie et de l'Europe, du passé et du présent, elle restait liée à l'hellénisme, ne serait-ce que par le langage. Ayant contribué plus que toute autre cité à l'élaboration du dogme chrétien, elle gardait, non moins que Rome, le souvenir de la tradition romaine. Nulle part, la foi n'était plus vive, le sens du sacré plus puissant, le luxe plus éclatant.

Son influence sur l'Occident médiéval a été incalculable, La découverte de Byzance a été un grand choc pour les Francs. Villehardouin décrit leur stupeur devant sa richesse et sa beauté. On peut dire que, dans une large mesure, la peinture romane et le vitrail français sont des réponses au « défi » que constitue, pour leurs auteurs, la mosaïque byzantine. Le dôme de Sainte-Marie-des-Fleurs renchérit sur les coupoles de Saint-Marc, imitées de Sainte-Sophie. Les fonds dorés de Cimabué rappellent les grandes œuvres byzantines de Ravenne, Palerme et Montréal. Les enluminures, les illustrations des manuscrits, des missels, procèdent ouvertement de leurs modèles byzantins.

Mais les Occidentaux se sont complu à se réclamer de la tradition romaine, non pas de la tradition byzantine. C'est de Byzance pourtant qu'est venue la dévotion à la Vierge. Les églises d'Occident étaient toutes dédiées à des saints : Saint-Denis, Saint-Martin, Saint-Hilaire, Saint-Front. Au début du XIIe siècle, la Croisade développe les contacts des « latins » et des « grecs » et soudain, toutes les cathédrales de France sont dédiées à Notre-Dame, qui était la protectrice de Byzance, comme Minerve celle d'Athènes. Les *pietas* – dont celle de Michel-Ange – doivent plus, sans doute, à l'art byzantin qu'à l'art antique. Mais Michel-Ange se veut fils d'Athènes et de Rome, de Byzance, non pas.

Évidemment, Byzance, aujourd'hui, n'est plus ignorée. L'art européen, se réclamant de toutes les traditions et de toutes les formes, de l'art africain comme de l'art aztèque, des grottes sahariennes comme des bisons d'Altamira, ne saurait omettre Byzance dans ce recensement général. Elle n'en reste pas moins méconnue, sous-estimée, sauf par les Russes pour qui Sainte-Sophie ne le cède pas au Parthénon. La *Théodora* de Sardou n'a pas semblé moins exotique que *Madame Butterfly*, ou que *Lakmé*.

Le refoulement occidental, en cette matière, est flagrant. On peut supposer qu'il tient à la mauvaise conscience qu'ont donnée aux catholiques le Schisme, le sac de Constantinople par les Romains et la prise de celle-ci par les Turcs.

Les supplications vaines du grand Michel Paléologue, la mort héroïque de Constantin, qui ne voulut pas voir Sainte-Sophie profanée, sont des souvenirs pénibles pour l'Europe catholique. On comprend qu'elle les écarte. Mais elle ne s'est pas montrée moins oublieuse, moins ingrate, moins injuste envers la culture sarrasine qu'envers la culture byzantine.

La Renaissance occidentale, celle du XIIIe et du XIVe siècle, a, envers la culture sarrasine, une dette impossible à surestimer. C'est par les philosophes arabes que les théologiens d'Europe retrouvent Aristote, et l'hellénisme. Ce sont les mathématiciens arabes qui enseignent aux Occidentaux l'algèbre et la numération actuelle, y compris le zéro. Si on avait dû conserver le système de numération romain et se passer de l'algèbre, on peut se demander comment la science européenne aurait pu naître et progresser. Pourquoi donc nos écoliers connaissent-ils tous Euclide, et le regardent comme l'inventeur de la géométrie, alors que la plupart d'entre eux ignorent que l'algèbre fut, en tout cas par rapport à nous, une invention sarrasine? Pourquoi savent-ils tous que nos sculpteurs se sont inspirés de l'art antique, et semblent-ils ne pas savoir que les architectes de nos cloîtres se sont inspirés des cours et des colonnades arabes?

N'est-il pas bizarre que, au XVIe et au XVIIe siècle, tandis que l'influence de l'Espagne est si grande sur la France, et sur l'Europe, on s'intéresse si peu à l'Alhambra, à l'Alcazar, à la mosquée de Cordoue?

Comment expliquer qu'aujourd'hui même, alors que, depuis un siècle, la curiosité pour les religions et les métaphysiques orientales, de l'Inde, de la Chine, du Thibet, est tellement vive, le soufisme, malgré Guénon et Massignon, reste beaucoup moins connu que le védantisme, et qu'il soit plus difficile, à présent qu'au XVIIe siècle, pour un étudiant français, de s'informer sur la Cabale, dont les attaches avec l'islam espagnol sont trop visibles?

Il semble que les sociétés soient d'autant plus ignorantes des cultures défuntes qu'elles profitent plus de leur héritage. L'hellénisme nous renseigne un peu sur l'Égypte, il nous fait deviner l'Inde, mais il nous laisse complètement ignorer Mycènes et les peuples de la mer auxquels il devait davantage. De même, les Occidentaux parlent plus volontiers d'Athènes que de Byzance, de Bénarès et de Pékin que de Bagdad et de Cordoue.

Le mythe de la bataille de Poitiers nous révèle la puissance de nos « complexes » byzantin et sarrasin. Nous avons fermé les yeux sur la bataille de Constantinople, comme sur l'histoire du Maghreb. Nous voulons connaître les douze Césars, et les Antonins, mais ignorer les califes omeyades.

Ce sont les Maures qui nous ont fait concevoir la chevalerie : Don Quichotte est le petit-neveu de chefs arabes ou berbères.

Les docteurs de Byzance et d'Alexandrie ont certainement plus contribué à la théologie, à la conception que se fit l'Europe, de Dieu, de l'Homme et du monde, que Boëce, Sénèque et Cicéron. C'est probablement le motif pour lequel nous préférons citer Boëce ou Pindare, et dire, avec Valéry – contre l'évidence –, que « l'Europe, c'est la Grèce + Rome + le christianisme », alors qu'elle est aussi, et peut-être davantage : Byzance, la culture sarrasine, la poésie celte et le droit germanique.

Mais les égarements de Clio et ses impostures deviennent aussi des destinées. Notre méconnaissance du monde araméen est et sera pour quelque chose dans les nôtres, si nous ne nous hâtons pas d'y mettre fin.

Tamerlan ou la victoire des sédentaires

Tout est paradoxe dans la personne de Tamerlan et dans son destin. Aucune « figure de proue », comme disait Grousset, ne semble aussi gigantesque, aucune ne s'insère plus mal dans les cadres de l'histoire traditionnelle. De là, je pense, cette disproportion entre la grandeur de son génie, de son empire, et la place qu'il occupe dans les connaissances de nos bacheliers.

S'ils ont bien lu leur « Mallet et Isaac », ils savent seulement que Tamerlan a gagné, contre Bajazet, la bataille d'Ankara.

Mais il l'a gagnée en 1402. Il avait plus de soixante-six ans. Ce fut sa dernière victoire, il devait mourir en 1405. Or, ses conquêtes étaient déjà plus vastes que celles de Napoléon, de César, d'Alexandre ; seules, celles de Gengis Khan l'étaient davantage.

Mais Gengis disposait de moyens très supérieurs à ceux de Tamerlan. Il a dit lui-même qu'il avait examiné son peuple ; qu'il l'avait trouvé pur, dur, digne de régner sur le monde. Aussi bien, il a eu des généraux dont la valeur était sans doute comparable à la sienne : l'extraordinaire campagne de Hongrie et de Pologne (celle-ci dura moins de dix jours) a été menée, après la mort de Gengis, par ses grands lieutenants Soubotai et Djébé.

Tamerlan, au contraire, doit recruter ses soldats en Transoxiane, chez un peuple beaucoup plus civilisé, plus mou, plus corrompu que le peuple mongol. Il doit se méfier de ses grands vassaux, de ses enfants, dont aucun n'eut une destinée glorieuse. Il règle donc seul toutes ses opérations militaires ; la fabuleuse série de ses victoires, qui se déroule pendant près de quarante années, il paraît bien en avoir été l'unique artisan.

Revoyons cette biographie déconcertante.

L'aventurier

Timour Lenk : Timour le Paralysé, dont nous avons fait Tamerlan, naît en 1336, au sud de Samarcande, fils, bientôt orphelin, d'un petit seigneur de Transoxiane.

Turc de naissance, musulman de confession, beau, robuste, très courageux, il entre au service de l'émir Kasgan, lequel gouverne la Transoxiane par délégation du gengiskhanide qui règne sur le khanat du Turkestan.

Timour séduit son émir, l'aide dans ses luttes contre les vassaux qui le menacent. Kasgan, comme récompense, lui donne en mariage sa fille Aldjaï. Mais peu après les noces, Kasgan est tué dans une partie de chasse. Les seigneurs de Transoxiane voudraient profiter de cette mort pour évincer Timour et son beau-frère Hussein. Ils ne peuvent empêcher que Timour devienne un des chefs les plus puissants du pays.

Mais ce pays, une fois de plus, les Mongols du Turkestan l'envahissent. Un chef mongol, nommé Touklouk, assume les pouvoirs de Kasgan et règne sur la Transoxiane. Timour essaie en vain de soulever le peuple contre lui.

Pendant trois années, il devra mener avec quelques compagnons, la rude existence de chevalier errant, tel Robin des Bois. Accueilli par les uns, trahi ou assailli par les autres, sans cesse il lui faut défendre sa vie et celle de sa femme. Au cours d'un de ces engagements innombrables, il est blessé : il boitera et un de ses bras restera quasi paralysé.

La mort de Touklouk, son grand ennemi, semble lui ouvrir les chemins du pouvoir, mais son beau-frère Hussein le lui dispute ; il est le fils de l'ancien émir, l'héritier direct de Kasgan, il a pour lui le droit féodal.

Aussi, les compagnons de Hussein sont-ils d'abord dix fois plus nombreux que ceux de Timour. Mais il réussit à s'emparer d'une forteresse importante qui passait pour imprenable : elle était défendue par douze mille hommes commandés par un général célèbre ; il ne disposait lui-même que de douze cents hommes. C'est l'Aymerillot de Victor Hugo, c'est aussi d'Artagnan au bastion de Saint-Gervais. Les compagnons de Hussein, voyant pâlir l'étoile de leur maître, préfèrent le service de son vainqueur. Hussein, abandonné, est battu et fait prisonnier. Timour lui donne généreusement la vie sauve, et l'envoie en pèlerinage à La Mecque. Hussein n'en est pas moins assassiné par les hommes de Timour.

Celui-ci, aventurier triomphant, est enfin le maître de la Transoxiane. Ses « années d'apprentissage » sont finies. Il a trente-cinq ans.

La soumission du Turkestan

Il ne veut pas revoir un second Touklouk.

Dix années de suite, il fait la guerre au Turkestan. Il entend lever l'hypothèque, quasi millénaire, que celui-ci faisait peser sur la Transoxiane. Avec une armée semi-iranienne, il attaque les montagnards héroïques et faméliques qui avaient toujours battu les Iraniens. C'était s'insurger contre une loi de la nature. Régulièrement, les nomades battaient les sédentaires, les hommes de la montagne et de la steppe battaient ceux de la plaine, des jardins, des villes. Or, cinq fois de suite, Timour envahit le Turkestan, pourchasse les nomades, capture leur bétail.

Ses adversaires sont les fils des guerriers de Gengis Khan ; ils vivent à cheval, couchent sous la tente, ne mangent que la viande de leurs troupeaux, ne boivent que le lait de leurs juments. Ses hommes à lui sont les fils de cette Transoxiane verte, fertile, pleine d'abricotiers ; ils ont toujours regardé comme des sauvages leurs terribles voisins qui les ont, de tous temps, considérés comme des proies. C'est le même rapport que celui des Andalous et des Castillans, des cultivateurs du Tell et des montagnards de l'Aurès.

Le génie militaire de Timour, sa bravoure, sa générosité, sa subtilité, sa chance, ou celle que ses soldats lui supposent, bouleversent une donnée qu'on croyait permanente. Les Transoxians s'aperçoivent qu'avec lui, ils peuvent vaincre leurs éternels vainqueurs.

Ces cinq campagnes lui ont coûté de grands efforts, elles ne lui ont guère valu de profits.

Mais, pour la première fois, depuis un temps immémorial, la Transoxiane peut se croire en sécurité, et Timour peut marcher, tranquille, vers l'ouest, vers les villes opulentes de la Perse.

La conquête de la Perse et de l'Afghanistan

Il conquiert sans peine la Perse orientale.

Toujours sage, non moins que hardi, avant de passer de la Perse orientale à la Perse occidentale, il s'impose la dure tâche de pacifier l'Afghanistan qui les surplombe. Retranchés dans leurs petites forteresses perchées à pic, les Afghans lui opposèrent une résistance désespérée.

La plus chétive de ces bourgades lui donna plus de peine à conquérir que les villes très riches de la Perse, pleines d'or et de roses. Il lui fallut certainement beaucoup d'autorité pour mener à l'assaut des soldats qui risquaient la mort, sans espérance de butin. Aussi devient-il féroce : il dresse, dans les bourgs récalcitrants, des pyramides de têtes coupées, les premières.

Pendant qu'il se bat en Afghanistan, la Perse se révolte. Timour juge la vie des conquérants trop courte pour se permettre de faire plusieurs fois la même conquête. La famille régnante de Hérat est exterminée, jusqu'au dernier de ses membres. Dans la seule Sebsédar, il emmure tout vifs deux mille hommes. À la rébellion, répond la terreur.

Puis il achève sa campagne d'Afghanistan, regroupe ses forces en Transoxiane, et attaque la Perse occidentale. Il poursuit jusqu'en Azerbaïdjan, jusqu'aux pentes méridionales du Caucase, l'émir qui règne au sud de la Caspienne.

Il rencontre alors Toktamich. C'était un gengiskhanide, prince de la « Horde Dorée » qui dominait tous les territoires situés au nord de la mer Noire, de la Caspienne, de la mer d'Aral. Le fils aîné de Gengis, Djoudi, et son petit-fils Batou avaient reçu la Horde en héritage. Elle exerçait sa suzeraineté sur tous les princes et toutes les villes russes de l'Ukraine, du Dniestr, du Dniepr, du Don, de la Volga.

Mais les pouvoirs militaires tendent toujours vers l'anarchie féodale. La « Horde Dorée » n'échappait pas à cette loi, la « Horde Blanche » s'était émancipée, et son chef, Ourous, avait battu Toktamich. Celui-ci demanda protection à Timour. Flatté de protéger un grand gengiskhanide, il le mit en état de reprendre la lutte contre son ennemi, lequel était aussi son oncle. Comme Toktamich échoue, Timour se résout à attaquer lui-même Ourous ; il le bat. Toktamich, digne de son illustre lignage, ramène alors à l'obéissance tous les chefs de la « Horde Blanche » ou « Dorée » et devient un des monarques les plus puissants du monde.

Plusieurs princes russes avaient profité de l'anarchie mongole pour essayer de secouer le joug de la « Horde ». Ils avaient livré – et gagné – contre leurs oppresseurs la bataille de Koulikovo en 1380. Ils avaient pu espérer que Koulikovo signifiait le début de leur libération. Mais Toktamich réprime durement leur révolte ; il brûle Moscou.

Bien qu'il doive à Timour sa puissance et même sa vie, la présence, au sud de son domaine, de cet émir dont il avait mesuré les talents, paraît à Toktamich une menace intolérable.

Il fait donc passer le Caucase à un détachement de ses cavaliers qui attaquent l'avant-garde de Timour. Celui-ci les repousse, il semonce Toktamich avec hauteur, conquiert la Géorgie, revient dans la Perse qui s'est, entre-temps, soulevée. En un seul jour, à Ispahan, il fait couper soixante-dix mille têtes. Chiraz comprend la leçon, fait étalage de son loyalisme, Timour s'y installe. C'est là qu'il convoque le poète Hafiz, qui avait écrit :

Ô belle Chiraz, ma maîtresse,
Je dépose à tes pieds, en hommage,
Samarcande et Boukhara.

— Comment oses-tu, demande Timour, mettre aux pieds de Chiraz, ma conquête, deux villes qui m'appartiennent et que j'ai embellies ?

— Ce sont ces munificences excessives qui m'ont mis dans le triste état où vous me voyez !

Timour rit, et comble Hafiz de cadeaux. Il coupait facilement les têtes, mais il aimait les arts et honorait l'esprit.

La guerre contre Toktamich

Il reçoit alors une terrible nouvelle ; venant de la mer d'Aral, Toktamich, allié aux Turcs qui descendent du Turkestan vers la Transoxiane, marche sur Samarcande.

La situation de Timour semble sans issue. La Transoxiane est attaquée sur deux fronts, et il se trouve à 2 500 kilomètres de Samarcande, dans un pays dont il vient à peine de mater la révolte ; il ne peut même pas faire fond sur ses vassaux transoxians. Il les comblait toujours de ses largesses, mais sans jamais croire beaucoup à leur fidélité.

La rapidité de son retour a déconcerté ses ennemis. Elle déconcerte encore ses historiens. Toktamich n'avait pas atteint Samarcande que Timour était déjà en Transoxiane. Le raid surprise est manqué. Les Mongols du Turkestan se retirent dans leurs montagnes et Toktamich dans la steppe.

Après avoir compté, à tort, sur la distance, Toktamich compte maintenant sur l'hiver pour venir à bout de Timour, dont l'armée est d'ailleurs dispersée. Les chevaux et les Mongols de Toktamich sont habitués à la neige, aguerris au froid, les Transoxianais de Timour ne le sont pas. La résistance qu'il oppose, avec des forces dérisoires, n'est pas moins étonnante, militairement, que la campagne de France de Napoléon. Mais Napoléon finit par abdiquer, tandis que Timour réussit à couper les communications de Toktamich, dont l'armée repasse le Syr Daria dans un effrayant désordre. La campagne de Transoxiane finit par une Bérésina, mais où le vainqueur est Tamerlan.

Il veut maintenant châtier Toktamich. Projet qui paraît insensé, si l'on songe que le chef de la « Horde Dorée » nomadisait sur un territoire immense allant de la Caspienne à la mer Blanche et à la Baltique. Il a ainsi derrière lui la steppe, la forêt sibérienne, la Scandinavie au besoin, où il pourra toujours reculer, attirer l'adversaire pour mieux l'exterminer.

N'importe. Timour, pendant trois ans, prépare son expédition, il sélectionne et entraîne les hommes, les chevaux, assure ses frontières du côté du Turkestan. Puis, avec cent mille cavaliers, sans même savoir où se trouve l'ennemi, il remonte vers le nord pour l'envelopper et lui couper la retraite. Pendant six mois, il escalade les montagnes, parcourt les steppes ; il arrive aux sources du Tobol. Là, il apprend que Toktamich est plus à l'ouest, sur les bords de l'Oural. Il traverse le fleuve à la nage, prudemment, déjouant les embuscades tendues à chaque gué.

Lorsque enfin il joint Toktamich, dont l'armée est en parfaite condition, ses hommes sont épuisés, ses chevaux fourbus. Une tempête de neige retarde la bataille et semble encore favoriser son adversaire.

Toktamich, avec un détachement de cavalerie, enfonce l'aile gauche de Timour et le prend à revers ; il se croit vainqueur quand il voit, avec stupeur, son porte-étendard, acheté par Timour, abaisser sa bannière. Dans le monde mongol, ce signal signifiait la mort du chef, et la tradition voulait que, le chef mort, l'armée se débande. Toktamich ne peut empêcher la sienne d'obéir à la coutume : l'aile gauche de Timour, qu'il avait tournée, l'en sépare. La victoire qu'il croyait acquise, se transforme en désastre. Il doit fuir jusqu'à la Volga.

Dans sa retraite, il perd cent mille hommes, ses femmes, ses trésors, ses approvisionnements.

Sur les bords de la Volga, Timour fête son succès par un banquet monstrueux qui dure vingt-six jours et vingt-six nuits. Puis il descend sur la Perse et la Mésopotamie. De l'Égypte au Caucase, tout le monde avait misé sur Toktamich : Timour ravage tout, de l'Euphrate à Tiflis.

Mais le maître de la « Horde » a tôt fait de reconstituer une armée. Il mobilise ses vassaux russes, les rassemble au nord du Caucase; Timour, venant du sud, attaque Toktamich sur les bords du Terek.

La bataille fut plus terrible encore que celle de l'Oural. Toktamich réussit à nouveau à enfoncer une des ailes de Timour, il arrive jusqu'à lui. La lance et l'épée de Timour sont déjà brisées, il semble perdu, lorsque les cavaliers de sa garde, à genoux, forment autour de lui avec leurs boucliers une muraille mouvante d'acier et de chair. Toktamich, désespérant de le tuer, prend peur et s'enfuit. Timour descend alors de son cheval, se prosterne pour remercier Allah, puis se met à la poursuite de Toktamich sur la Volga, sur le Dniepr, sur le Don.

Les Mongols effrayés se dispersent, émigrent dans la Dobroudja, en Lithuanie, en Moldavie, à Andrinople où les ethnologues trouvent aujourd'hui encore les noms, les types raciaux des colonies fondées par la déroute.

Timour pille, ravage, brûle. La ville de Tana est rasée, Sarai incendiée. De ce grand centre commercial, il ne reste que deux immenses champs de ruines : 85 kilomètres carrés.

L'équipée hindoue

Après sa victoire sur Toktamich, Timour veut conquérir les Indes. Il franchit le Cachemire, suit les contreforts de l'Himalaya, atteint l'Indus, entre dans Delhi, une des plus belles villes du monde. Ses soldats l'anéantissent – malgré lui, a-t-il prétendu.

Avant même d'arriver à Delhi, il avait dû donner l'ordre de mettre à mort les cent mille prisonniers que ses hommes traînaient derrière eux. Aussi, les Hindous de Delhi, désespérés, brûlent leurs maisons, tuent leurs femmes et leurs enfants, et attaquent, avec une furie d'ailleurs vaine, les soldats de Timour. Nouvelles pyramides de têtes coupées, et butin immense de pierres précieuses, de bijoux, d'or et d'argent.

Timour arrive aux bords du Gange. L'extrême chaleur lui fait rebrousser chemin. Il laisse à l'un de ses lieutenants le contrôle de ses nouveaux fiefs. Il laisse surtout, derrière lui, après les massacres et les incendies, les épidémies et la famine. Un siècle et demi passe avant que des ruines de l'ancienne ville surgisse la nouvelle Delhi.

La guerre contre Bajazet

La folie qui l'avait porté aux Indes et qu'il avait lui-même propagée, Timour la retrouve installée dans sa propre famille, à son retour de Samarcande.

Il avait confié tout l'Iran et l'Irak à son fils Miran, qui cherchait comment rivaliser de gloire avec son père. Il décida d'embellir Tabriz, construisit en hâte des palais, des mosquées. Puis il s'aperçut que les bâtiments neufs ne valaient pas les constructions plus anciennes qu'ils devaient éclipser. Il pense alors que s'il ne peut atteindre la gloire comme architecte, il peut l'acquérir, du moins, comme destructeur. Il fait tout abattre, les nouveaux édifices, et les anciens.

Consterné, terrifié, révolté, l'Irak se soulève ; son ancien maître, Akhmed, qui, chassé par Timour, avait fui naguère en Égypte, pense que l'heure de la revanche a sonné. Il lève des troupes, marche sur Bagdad. Miran se précipite à sa rencontre ; c'est la Perse alors qui, à son tour, se rebelle.

Timour rentre justement des Indes. Il est obligé de déposer son fils préféré, dont la démence tient à l'admiration éperdue qu'il a pour lui et à son désir frénétique de gloire. Une fois de plus, il mate la Perse et la Mésopotamie, poursuit Akhmed qui cherche refuge auprès de Bajazet.

Le sultan pouvait presque rivaliser avec l'émir ; la puissance ottomane n'avait cessé de croître depuis son avènement.

Déjà, en 1387, Mourad, son prédécesseur, avait anéanti à Kossovo l'armée serbe, qui était de beaucoup la plus forte et la plus valeureuse des Balkans. Les héros serbes étaient allés grossir les effectifs des janissaires. L'empire byzantin était incapable de résister aux Turcs. La chrétienté romaine avait voulu organiser contre eux une croisade défensive. Les princes les plus braves – dont Jean sans Peur – s'y étaient enrôlés. Bajazet avait écrasé en 1396, à Nicopolis, l'armée chrétienne. La défaite fut ressentie comme un désastre dans toute l'Europe occidentale. Paris fit sonner le glas par les cloches de Notre-Dame.

Bajazet mit le siège devant Constantinople, elle allait tomber entre ses mains comme un fruit mûr. L'empereur byzantin mendiait vainement un secours que l'Europe, épuisée par la guerre de Cent Ans, le Grand Schisme, la peste de Florence, ne pouvait lui donner.

Bajazet, se voyant déjà maître de tout l'ancien empire byzantin, répond avec hauteur à la sommation de Timour qui lui enjoignait de livrer Akhmed.

Entre les deux conquérants, d'ailleurs, le choc devait de toute manière se produire, chacun d'eux jugeant la terre trop petite pour avoir deux maîtres.

Sur son refus de lui livrer Akhmed, Timour décide d'attaquer Bajazet. Il marche sur Ankara. Bajazet lève le siège de Constantinople pour défendre sa propre capitale. La bataille a lieu là où Timour a résolu de la livrer : il sait que le sultan ne laissera pas brûler ni saccager les villes ottomanes.

La partie n'est pas égale. Le génie de Timour surpassait de beaucoup celui de Bajazet, et son armée était plus forte. Elle disposait de canons, et aussi d'éléphants ramenés des Indes. Bajazet, ses Turcs, ses janissaires, combattent héroïquement, mais ils sont écrasés, Bajazet est fait prisonnier, ses fils doivent rendre hommage à Timour, qui traite son rival malheureux avec honneur. Celui-ci, cependant, ne tarde guère à mourir, de chagrin, suivant les uns, par le poison, suivant les autres.

Toute la chrétienté, grecque et romaine, félicite Timour pour la victoire qui l'a délivrée de son terrible ennemi. Il tient alors l'Europe au bout de son sabre. Comment lui résisterait-elle, quand elle n'avait pu résister à Bajazet ? Quelques semaines lui suffiraient pour atteindre l'Atlantique. Il ne pense même pas à le faire. L'Europe lui semble trop petite, trop divisée, trop faible pour perdre son temps à la conquérir.

Il a passé soixante-six ans, il est malade ; il préfère marcher sur la Chine qui lui semble une conquête plus digne de lui. Il rêve de convertir à l'islam ce peuple immense. Une dernière fois, il prépare, avec son ordinaire minutie, son ultime campagne. Sa grande armée a déjà atteint la frontière nord-est de la Transoxiane quand il meurt, en 1405, à Otrar, à la veille d'assaillir « l'Empire Céleste ».

On raconte que personne ne fut assez hardi pour soulever les rideaux de la litière où gisait son cadavre. Les fourmis rouges le rongèrent, et on ne trouva que ses os, à Samarcande, où on l'avait ramené.

L'épique et l'absurde

Telle est, sommairement esquissée, l'existence de ce génie qu'on dirait avoir été mis au monde pour en faire mieux ressortir l'absurdité.

Sa personne même déroute. Il a brûlé, pillé, tué, beaucoup plus qu'Attila. Et par ailleurs, c'est un lettré, ami des arts et des techniques raffinées ; il prend soin d'épargner, de ramener à Samarcande les meilleurs architectes, les savants de cette Delhi qu'il ravage. Il est magnifique, d'une générosité extravagante ; il est magnanime, « abandonnant ses ennemis au Temps et à la Fortune ». À la fois reître de la steppe et virtuose de la Renaissance, il aurait pu s'entendre avec les cavaliers les plus rudes de la Mongolie la plus glaciale, de même qu'avec les artistes de la Renaissance italienne ; il coupe plus de têtes que Soubotai, et il aime les palais, comme un Médicis.

C'est un turco-mongol. Il ne descend pas plus de Gengis Khan que les Guise de Charlemagne, malgré les fausses généalogies échafaudées par ses thuriféraires, mais il est de la même race que lui.

C'est aussi un musulman, non moins fidèle au Coran qu'à la Yassa. Le clergé musulman l'a toujours soutenu, et il est mort en voulant faire la guerre sainte. Mais ce Turc a sans cesse combattu les Turcs, de Touklouk à Bajazet, en passant par Ourous et Toktamich. « Le Turc Timour, écrit Léon Cahun, a tué le génie turc. » Et ce musulman fidèle est sans doute le guerrier qui a le plus brûlé de mosquées, de Tabriz et de Bagdad jusqu'à Moultan et Delhi.

L'organisation de son empire n'est pas moins bizarre que les contrastes de son caractère. Cet empire est, culturellement, turco-persan ; constitutionnellement, turco-gengiskhanide, « mongolo-arabe, de discipline politico-religieuse », dit René Grousset.

Empire colossal : Timour est maître, depuis le Bosphore jusqu'au Gange, depuis le golfe Persique jusqu'au lac Balkach – mais précaire et, en quelque sorte, vain.

Il est constamment victorieux, mais à quoi servent ses victoires ? Il bat, cinq années de suite, le khanat du Turkestan mongol, mais ce khanat subsiste. Il bat Toktamich et Ourous, mais la « Horde d'Or » subsiste. Il bat Bajazet, mais l'empire ottoman subsiste ; même le sultanat indien se relève après son passage. Un empire mongol se fondera aux Indes, grâce à Baber et non grâce à Timour.

Quand on a fini de dénombrer ces campagnes surprenantes, triomphales, on pense à tout le sang répandu, et on se demande : « Mais pourquoi ? », sans trouver de réponse. Et on comprend que les historiens en viennent à regarder avec stupeur, quitte à le négliger bientôt, ce « passant considérable ». Quel rôle joue, dans l'histoire de l'Asie, cette monstrueuse épopée ? Elle n'influe pas sur les destins de la Chine, ni sur ceux du sud-est asiatique, pas même sur ceux de l'Inde ; elle ne fait qu'ajouter à la somme immense de ses malheurs.

Quel est, d'autre part, le rôle de Tamerlan dans l'histoire de l'Europe ? Nos manuels nous le disent : il gagne sur Bajazet la bataille d'« Ancyre ».

C'est d'ailleurs une très grande bataille, qui oppose deux très grandes armées et dont on ne peut guère contester le caractère œcuménique. Elle retarde d'un demi-siècle – exactement – la prise de Constantinople par les Turcs.

Ce répit a permis à Byzance de faire émigrer, lentement, ses élites. Un grand nombre de nobles, de clercs, de laïques byzantins ont pu précéder ou suivre à Moscou Sophie-Zoé Paléologue ; d'autres choisirent l'Italie : une bouture byzantine fut plantée dans Florence, qui devait donner bien des fleurs et bien des fruits.

En retardant le progrès des Ottomans vers l'ouest, Timour a sûrement facilité la résistance que leur opposa l'Europe. À l'époque de Bajazet, elle était au plus bas. Mais elle va se relever très vite : le concile de Constance fait présager dès 1415 la fin du Grand Schisme qui sera définitivement surmonté en 1429, le traité d'Arras met fin en 1435 à la guerre franco-bourguignonne ; la guerre hussite se termine, Procope est tué en 1434 ; l'Allemagne peut récupérer ses forces, les républiques italiennes peuvent développer les leurs.

Si d'ailleurs Mahomet II entre dans Constantinople, comme Bajazet y serait entré sans Timour, sa puissance et son prestige étaient loin d'atteindre ceux de son devancier. Les plus hautes vagues de la marée ottomane viennent plus tard, avec Sélim, avec Soliman le Magnifique ; sans la bataille d'Ankara, elles se fussent peut-être levées, non pas cinquante, mais cent ans plus tôt. Or, en 1526, la chrétienté subit la terrible défaite de Mohacz. Elle fera face, mais c'est l'Europe de Charles-Quint, l'Europe en pleine Renaissance et déjà implantée dans les Amériques, que les Ottomans trouveront devant eux. En 1426, un tel désastre eût comporté des conséquences plus graves.

Il n'en reste pas moins vrai que la bataille d'Ankara apparaît annulée par les victoires ultérieures des Turcs. Et si Tamerlan n'avait rien fait d'autre que de la gagner, il serait réellement le personnage glorieux mais épisodique que voient en lui les historiens.

Son action sur le monde russe est beaucoup plus nette, et directe, et évidente.

La Russie, depuis un siècle et demi, vivait sous la domination de la « Horde d'Or ». En battant la Horde, Tamerlan a ouvert aux Russes les portes de la prison où Soubotai les avait enfermés. Grâce à lui, ils s'émancipent.

Les historiens russes, qui partagent bien entendu les passions nationalistes de leurs confrères occidentaux, admettent difficilement que la Russie ait dû sa libération à Timour. Ils estiment qu'elle avait commencé avant lui, à la bataille de Koulikovo, où, en effet, Dimitri Douskoi avait battu la « Horde d'Or ».

Celle-ci s'était affaiblie par les rivalités successorales et les prétentions rivales de ses chefs. Quand le peuple n'est que l'infrastructure de l'armée, il faut de bien grandes qualités à son prince pour empêcher les rébellions féodales. La « Horde » avait subi une crise d'autorité, dont Dimitri Douskoi profita; mais ses forces profondes restaient intactes, immenses; les batailles de l'Oural et du Terek en donnent la mesure. Pour que la « Horde » redevienne invincible en Russie, il suffisait qu'elle fût de nouveau rassemblée par un chef. Aussi, après sa victoire sur Ourous, reprendre Moscou et la brûler fut-il un jeu pour Toktamich.

La jeune principauté moscovite n'était pas en état d'affronter une armée qui, par trois fois, fut sur le point d'abattre le plus grand capitaine de l'histoire.

C'est pourquoi on ne peut imaginer les destins de la Russie sans Tamerlan. Il l'a marquée de son empreinte.

Je ne sais plus dans quel livre ou dans quel dictionnaire, j'ai lu qu'il avait « fait brûler Moscou par un de ses lieutenants ». Ce n'est pas exact : Toktamich ne fut jamais un lieutenant de Timour. Il reste vrai que si Timour n'avait pas battu Ourous, Toktamich n'aurait pas brûlé Moscou. Toutefois, Timour, loin de la détruire, l'a ménagée et il a contribué à son développement par les sanctions qu'il a prises contre Tver, sa voisine et sa rivale : elle ne s'est pas remise du coup qu'il lui porta. Elle s'appelle aujourd'hui Kalinin, mais elle n'a pas 250 000 habitants – si j'en crois Larousse – alors que Moscou en a cinq millions. Samara, de même, hérita partiellement de Sarai que Timour détruisit et qui ne fut pas reconstruite. En changeant la route de la soie, il a modifié les bases mêmes de l'économie russe.

Et en battant la « Horde d'Or », non seulement il a rendu la liberté à la Russie, mais encore il lui a indiqué et tracé les voies de sa future expansion vers l'est. Elle allait refaire, en sens inverse, le chemin que lui-même avait suivi, avec ses cent mille cavaliers, comme pour lui promettre l'empire de la steppe.

Grousset a raison de dire qu'il n'a modifié d'une façon profonde et durable aucun des grands pays du monde asiatique; Léon Cahun n'a pas tort de dire qu'il a renversé, en Asie, un courant qui semblait éternel.

Avant lui, de la muraille chinoise au golfe Persique, la victoire allait d'est en ouest, comme le soleil.

En Asie Mineure, avant, pendant et après la Croisade, chaque sultan, chaque émir, chaque seigneur turc gardait l'œil fixé anxieusement sur les frontières orientales du territoire qu'il avait conquis. Il savait que les mêmes causes qui l'avaient fait vaincre et subjuguer ses voisins de l'ouest, feraient qu'il serait à son tour vaincu et subjugué par des chefs pareils à lui, qui dévaleraient les mêmes montagnes, commanderaient des hommes pareils aux siens et qui, eux, ne seraient pas encore amollis au contact des terres plus fertiles, des climats plus doux.

Mais Timour a surtout été le premier à montrer que, même en Asie centrale, des Occidentaux pouvaient battre des Orientaux, que des Iraniens pouvaient battre des Touraniens, que l'Azerbaïdjan pouvait soutenir l'assaut des Mongols de la « Horde », et même les contraindre à se noyer dans le Syr Daria, que la victoire n'allait pas, nécessairement, d'est en ouest.

Cette œuvre-là s'est avérée plus durable que les palais de Samarcande. Leurs splendeurs n'ont guère survécu à Timour, mais le courant qu'il a renversé n'a pas repris sa direction primitive.

En libérant la Russie, en pacifiant le Turkestan, Timour changeait un monde et ouvrait une ère nouvelle. Les sédentaires, après lui, allaient l'emporter sur les nomades, les fantassins sur les cavaliers. Sans doute, n'en eut-il pas conscience.

Cavalier prodigieux, il ne concevait la guerre qu'à cheval : dans sa campagne contre Toktamich, son armée ne compte pas un seul fantassin. Mais après lui, le règne de la cavalerie est terminé; il durait depuis un millénaire, depuis la chute de l'empire romain. L'Occident avait contenu, mais non battu, les cavaliers huns, hongrois ou mongols. Le Maghreb n'avait pu résister aux chameliers zénètes, aux Voilés du sud. Pendant tout le Moyen Âge, la cavalerie règne, comme nous en avertit assez le mot « chevalier » : un seul chevalier teutonique suffisait pour rétablir l'ordre dans les villages de la Prusse Orientale. Après Tamerlan, l'infanterie va prendre sa revanche;

les éléments militaires les plus efficaces seront les janissaires ottomans, puis le *tercio* espagnol, puis l'infanterie française. C'est pourquoi, au règne de la steppe, succède celui du champ, car le cheval veut des herbages, mais le fantassin veut du pain. La plaine hongroise, la Beauce, les Flandres deviennent les grandes réserves militaires du monde.

De même, Tamerlan reste un nomade. Mais après lui, la suprématie des nomades sur les sédentaires prend fin ; elle durait depuis que l'invasion arabe avait recouvert la plus grande partie du monde romain. Elle semblait procéder de la nature elle-même. Ibn-Khaldoun, historien génial et qui a connu Tamerlan, estimait que, nécessairement et toujours, les nomades guerriers et sans attaches battraient les sédentaires aveulis par les commodités de la maison et du jardin.

Cette situation s'est complètement retournée à partir du XVe siècle. La victoire des sédentaires est devenue si totale que nous ne comprenons pas qu'elle ait pu paraître incertaine et contestée. On a fini par considérer l'homme comme naturellement sédentaire et le nomade comme un sédentaire présomptif qui cherche à se fixer, ou comme un sédentaire dépossédé en quête d'une résidence nouvelle.

Cette victoire cependant n'est peut-être pas plus définitive que celle de l'infanterie sur la cavalerie, dont la dernière guerre mondiale a marqué la renaissance sous les espèces du char et de l'avion : comme le chevalier du Moyen Âge, dans son armure, un gros char suffit à imposer sa loi à toute une population.

En même temps, nous avons vu se lever une vague de nomadisme et de semi-nomadisme dont nos pères n'auraient pas imaginé la violence. Le tourisme, l'automobile sont devenus, pour beaucoup, le symbole même du bonheur. D'autre part, les despotes les plus durs du XIXe siècle n'auraient pas osé concevoir les transferts de populations qui se sont si atrocement multipliés depuis un demi-siècle. Le mariage de l'homme et de la terre est devenu moins indissoluble qu'il n'était. Nous voyons bien les maisons perdre en solidité ce que les moteurs gagnent en puissance.

Ces signes montrent que le triomphe des sédentaires sur les nomades, de même qu'il est récent, n'est sans doute pas irrévocable. Quoi qu'aient pensé les philosophes rationalistes, l'homme n'est pas simple et ne reste pas pareil à soi : son goût du changement n'est ni moins irréductible ni moins fort que son aspiration à l'enracinement. Dès le début de l'humanité, Caïn opte pour le labourage et Abel pour le pâturage. Leurs descendants seront constamment pris, comme eux, entre l'attrait de la vie sédentaire et celui de la vie nomade. Du Ve au XVe siècle, le monde appartient aux pasteurs transhumants, fils d'Abel. Du XVe siècle jusqu'à nos jours, ce sont au contraire ceux de Caïn qui l'emportent. Mais rien ne prouve que la revanche d'Abel ne soit pas en marche et que le monde, né avec Tamerlan, ne soit pas en train de mourir.

L'expédition napolitaine de Charles VIII et le mythe des guerres nationales

Nos historiens montrent généralement beaucoup de sévérité envers Charles VIII.

On admire son grand-père Charles VII à cause de Jeanne d'Arc. On admire son père Louis XI, « homme terrible ». On regarde avec sympathie Louis XII, « père du peuple ».

Quant à François Ier, Hugo et Verdi ont beau faire, il scintille. Marignan éblouit, Pavie attendrit d'autant que le « roi-chevalier » armé par Bayard, est trahi par le connétable de Bourbon et que Charles-Quint l'emprisonne. Il est magnifique, il fait construire le toit de Chambord. Il accueille Léonard de Vinci. Il a beaucoup de maîtresses et ne s'en laisse pas accroire sur elles : *souvent femme varie.* Il n'hésite pas à s'allier au Grand Turc, il résiste à la Réforme, il fonde le Collège de France. Que peuvent, contre tout cela, les plaintes de Triboulet ?

Charles VIII, au contraire, fait une tache un peu terne dans la galerie, haute en couleur, des Valois. C'est un roi malheureux.

Son père n'était pas un tendre, assurément. Sa mère mourut, quand il n'avait pas treize ans. Sa sœur, Anne de Beaujeu, devint régente, à la mort de Louis XI. C'était « la fille la moins folle de France », mais non pas la plus douce.

Anne de Bretagne, qu'il épousa, ne l'avait pas souhaité pour mari ; elle avait été fiancée à Maximilien d'Autriche et le regretta toujours. Il est dur, pour un jeune roi, d'avoir une femme charmante, qui ne vous aime pas et vous le fait sentir. Leur unique enfant mourut en bas âge. Charles VIII lui-même mourut à vingt-huit ans, après avoir conquis Naples et l'avoir perdue.

Le réquisitoire contre Charles VIII

Les historiens lui reprochent cette expédition avec dureté. Mallet et Isaac disent que « au rebours de son père, il avait l'esprit romanesque ». Michelet parle de lui comme d'un demi-criminel. Les guerres d'Italie lui déplaisent : il souffre d'imaginer cette soldatesque lancée parmi les chefs-d'œuvre, cette grande peur causée aux municipalités vénérables de l'Italie renaissante. L'éloquence de Savonarole, la sévérité glaciale de Machiavel et, plus que tout, le « Dehors, les Barbares ! » de Jules II ont humilié les Français.

Nous avons essayé de nous consoler en considérant que les guerres d'Italie – comme les voyages organisés – ont fait mieux connaître aux Français la Toscane de Michel-Ange et la Rome de Raphaël. Mais ce raisonnement rappelle trop celui de Pangloss qui, mourant de la vérole, dit que si les compagnons de Christophe Colomb ne l'avaient pas rapportée des Amériques, ils n'en auraient pas rapporté non plus le chocolat et la cochenille.

Comme l'expédition de Charles VIII déplaît, on suppose qu'il en fut le seul responsable. On l'explique par les défauts de son caractère et de son esprit. Il était ignorant, dépensier, chimérique. Non seulement il voulait conquérir Naples, mais il voulait combattre les Turcs, recommencer la Croisade, sacrifier la France à des intérêts qui n'étaient pas les siens, à des rêves. Aussi estime-t-on que, s'il fut abandonné par ses alliés italiens, s'il dut combattre durement à Fornoue pour se frayer un passage et rentrer chez lui, il ne l'avait pas volé. « Qu'allait-il faire dans cette galère ? »

Quand il meurt, pour s'être cogné la tête contre une porte-basse, Commines – qui ne l'aimait pas – dit : « C'est, en somme, ce qui pouvait lui arriver de mieux ! » Et la Grande Encyclopédie l'en approuve.

Tout cela n'est pas équitable. Si, en effet, la première guerre d'Italie tient seulement aux défauts personnels de Charles VIII, ceux-ci ne peuvent expliquer la guerre d'Italie de Louis XII, ni celle de François Ier.

Vigoureux, calme, économe, bon financier, nullement « chimérique », Louis XII ne ressemblait pas du tout à Charles VIII. François Ier ne ressemblait ni à l'un ni à l'autre : il a eu de grands desseins, il a été candidat à l'Empire, du moins n'a-t-il jamais paru rêveur, ni désintéressé. « Roi-chevalier », il ne fait pas honneur à sa signature et ne tient aucun compte du traité de Madrid, qui lui avait rendu la liberté. Roi très chrétien, il s'allie aux infidèles. On ne peut vraiment pas lui reprocher d'avoir manqué de réalisme.

Or, Louis XII et François Ier font, tout comme Charles VIII, « valoir leurs droits » sur l'Italie. Comme lui, ils passent les Alpes, ils ont des alliés qui bientôt les trahissent. Comme lui, ils commencent par être vainqueurs et finissent vaincus. Leurs guerres n'ont pas été plus heureuses pour les Français, pas moins douloureuses pour les Italiens que celle de Charles VIII. Ce sont d'ailleurs les soldats de François Ier que Jules II traite de « barbares ».

Nos historiens ont, généralement, justifié la plupart des guerres où la France fut engagée. Ils ont défendu celles de Louis XIV, qui se les reprochait à lui-même. Si mauvais que soit le dossier de Napoléon, Albert Sorel a soutenu que, malgré les apparences, l'Empereur n'était coupable d'aucune agression.

Pourquoi, dès lors, tant de sévérité envers Charles VIII ?

On en discerne mieux les motifs quand on relit les historiens d'après 1870. Leur nationalisme n'est pas plus fervent que celui de leurs prédécesseurs, mais il est plus candide. Ils reprochent moins à Charles VIII l'expédition de Naples que les concessions faites pour l'entreprendre : il a donné de l'argent à Henri VII. Bien pis, par le traité de Senlis, il rend l'Artois et la Franche-Comté à Maximilien d'Autriche qui les avait cédées à Louis XI par le traité d'Arras.

La situation et les raisons du Roi

A les lire, Charles VIII semble fou. En effet. Il sacrifie deux belles provinces qu'il tient, pour obtenir la permission de tenter la conquête d'un royaume qu'il ne pourra pas conserver. On se demande même, la monarchie française n'ayant pas alors le caractère absolu que lui donna Louis XIV, comment les conseillers de Charles VIII, dont beaucoup avaient servi Anne de Beaujeu et Louis XI, souffrirent un abandon aussi insensé.

Mais que stipulait donc le traité d'Arras? L'Artois et la Franche-Comté servaient de dot à Marguerite d'Autriche, fille de Maximilien, que devait épouser le futur Charles VIII. Louis XI étant naturellement impatient et pressé – quoiqu'on l'ait montré secret et préméditant de très loin ses actes –, il obtint la livraison immédiate des deux provinces et de la jeune princesse qui fut élevée, à la Cour, près de son futur mari.

Les fiançailles furent rompues par Anne de Beaujeu, non sans quelque brutalité. Le duc de Bretagne mourut prématurément. Son héritière voulait épouser Maximilien. Il était empereur, sa beauté avait séduit Marie de Bourgogne, la plus riche héritière d'Occident, qui l'aima avec passion, jusqu'à sa mort accidentelle et prématurée. Ce mariage, cet amour, ce veuvage, ajoutaient encore au prestige romanesque de l'empereur. Anne n'eut même pas besoin de le voir pour s'éprendre de lui.

Mais Anne de Beaujeu ne voulait pas d'un second mariage qui donnerait la Bretagne à l'empereur d'Autriche auquel un premier mariage avait déjà donné la Bourgogne. Elle dépêcha vers la jeune Bretonne Louis d'Orléans avec une armée. Anne dut céder à la force, quitter Rennes et accompagner en France le futur Louis XII, qu'elle devait épouser plus tard, après la mort de Charles VIII, qu'on lui imposa pour mari.

Celui-ci prenait donc à l'Empereur sa fiancée et lui renvoyait sa fille. Il n'avait pas tort, du point de vue national. Quand on songe aux luttes ultérieures de François Ier et de Charles-Quint, des derniers Valois et de Philippe II, on se demande comment la France aurait pu résister aux Habsbourg, s'ils avaient été, en plus du reste, maîtres de la Bretagne. Il n'en demeure pas moins que la situation de Charles VIII vis-à-vis de Maximilien paraissait délicate. Pouvait-il lui déclarer : « Je vous rends votre fille, mais je garde sa dot et prends, en outre, celle de votre promise. » Racine estimait plus élégant de faire dire à Léandre : « Donnez-moi votre fille et gardez votre bien. »

Eût-il été cynique, il lui fallait du moins rester prudent. L'unité de la France et de la Bretagne n'était pas seulement de nature à irriter l'Empereur, elle ne laissait pas indifférente l'Angleterre qui s'était battue pour la Bretagne, et qui avait même autorisé ses rois à faire la guerre, quand la Bretagne était en cause, sans consulter la Chambre des Communes.

Mais Henri VII aimait la paix, il aimait l'argent, il voulait rétablir l'ordre et les finances de son royaume que la guerre des Deux-Roses avait éprouvés. Louis XI lui avait déjà payé sa non-intervention, quand il dut se battre contre ses grands vassaux. En lui versant une nouvelle somme d'argent, Charles VIII ne faisait que suivre l'exemple de son père. À Henri VII, comme à Maximilien, il n'achetait pas seulement l'autorisation de conquérir Naples, il rachetait son mariage, à beaucoup d'égards scandaleux, avec Anne de Bretagne.

Évidemment, il pouvait dédommager l'Empereur et apaiser le roi, sans pour autant entreprendre l'expédition italienne.

Mais était-ce possible ? On oublie trop que les guerres sont rendues plus souvent nécessaires par la situation intérieure des gouvernements que par les rapports diplomatiques des États.

Anne de Beaujeu, après Louis XI, avait forgé un instrument militaire dont la force allait étonner l'Italie et l'Europe. Or, à cette époque, une armée était une entreprise commerciale. Si elle ne procurait pas de bénéfices, elle ne tardait pas à se dissoudre, ceux qui l'avaient levée n'étant plus en mesure de l'entretenir.

Le roi devait, d'autre part, assigner un but aux énergies de ses féodaux, sous peine de les voir, une fois de plus, éclater en désordres. Dans toute l'Europe renaissante, les grands propriétaires terriens devenaient d'autant plus turbulents que l'argent abondait davantage. Les ressources de leurs domaines, où les fermiers gardaient l'habitude des paiements en nature, ne suffisaient plus à leurs besoins. Les monarques se trouvaient donc enfermés dans le dilemme : ou bien des folles guerres – comme Charles VIII allait en entreprendre – ou bien des « guerres folles » – comme Anne de Beaujeu les avait subies.

La réunion de la Bretagne et du royaume rendait le problème féodal encore plus pressant pour le roi qu'il n'avait été pour sa sœur. Sans guerre, il pouvait difficilement le résoudre. Aussi lui fait-on moins grief de l'avoir faite que de l'avoir faite là où il ne fallait pas, et surtout, de ne pas l'avoir faite là où il fallait : au nord-est. Les Français ont toujours le sentiment que cette frontière est la plus menacée, que, du nord-est, viennent les pires invasions.

Mais les conseils rétrospectifs qu'on prodigue à Charles VIII n'allaient pas sans inconvénients. Toute entreprise au nord-est risquait de sceller contre lui l'alliance des Flandres bourguignonnes, de l'Angleterre, de l'Autriche et de l'Empire. En France et hors de France, le souvenir de la guerre de Cent Ans restait vivace. Malgré son pacifisme, Henri VII, après le mariage breton, n'aurait pu souffrir une progression de la France vers la Belgique; Maximilien, moins encore. Le pire risque, pour Charles VIII, c'était de rassembler, contre le royaume, au-dehors, contre le pouvoir royal, au-dedans, tous ceux qu'avaient inquiétés, lésés, menacés, la politique autoritaire de Louis XI et la violence faite par Anne de Beaujeu à Anne de Bretagne.

L'expédition de Naples comportait donc d'assez sérieux avantages, on peut même dire que plus elle semblait chimérique et romanesque, plus elle apaisait les craintes des monarques et exaltait les espoirs des barons. Fils d'un roi aussi avide, réaliste et dur qu'avait été Louis XI, il n'était pas mauvais que Charles VIII méritât d'être surnommé *l'affable* et qu'il eût l'air généreux et rêveur. Si, au lieu d'avoir été ce qu'il fut, il avait fait semblant de l'être, on ne pourrait trop louer sa finesse.

L'expédition, d'ailleurs, ne semblait pas bien dangereuse. Venise avait effrayé l'Italie en envahissant le territoire de Ferrare. Ludovic le More, plusieurs municipalités, le pape lui-même appelaient les Français à grands cris. Les républiques italiennes étaient si nombreuses et leurs rivalités si véhémentes qu'on trouvait toujours parmi elles des alliés, du seul fait qu'on en avait d'autres pour adversaires. C'était le monde complexe, subtil et ardent de Machiavel. Le temps des villes était passé, celui des royaumes était venu. Malgré leur énergie, leur civisme passionné, les républiques d'Italie paraissaient bien incapables de résister à l'armée française.

Aussi, ne résistèrent-elles pas. La route de Paris à Naples fut pour Charles VIII une série d'entrées triomphales. Il pâtit même de l'étendue et de la facilité de ses propres succès. Son armée sembla si terrible que, bientôt, on ne redouta plus que lui seul, on n'avait jamais vu une artillerie comparable à la sienne : Maximilien d'Autriche, Ferdinand d'Aragon rassuraient, par contraste. Ils semblaient bénins, dès lors qu'ils n'étaient pas français.

Le pape se réconcilia avec Venise, Ludovic le More changea de camp. Les « virtuoses » italiens, qui se voulaient égaux aux artistes par leurs talents de diplomates, eurent tôt fait de nouer la grande coalition anti-française qui joignit, au pape et à Venise, Ferdinand d'Aragon et Maximilien, lesquels avaient admis l'expédition de Charles VIII mais n'avaient pas prévu sa rapidité fulgurante. Cette intrigue diplomatique fut menée avec tant de maîtrise qu'elle fut achevée, avant même que

Commines, sous les yeux duquel elle se tramait dans Venise, en eût démêlé les fils. Il avertit précipitamment, mais trop tard, le roi qui se hâta de remonter vers la France et trouva les forces ennemies déjà concentrées contre lui à Fornoue.

Entre-temps, l'armée française avait fondu, ravagée par la syphilis d'autant plus nocive que ses progrès étaient plus récents. Les Français l'appelèrent : mal de Naples. Le luxe italien, les entrées triomphales, la beauté, la facilité des femmes dans le désordre que les troupes répandaient sur leur passage, avaient enivré les soldats. L'armée, à Fornoue, n'était plus que son propre squelette. Elle fut pourtant victorieuse et Charles VIII, quoique malingre, s'y révéla bon chevalier.

Militairement, son expédition justifie moins la critique que celles de François Ier. Il n'a pas gagné une bataille de Marignan, parce qu'il ne trouva personne qui osât la livrer contre lui. François Ier eut plus de peine pour reprendre Milan que lui, pour prendre Naples. Et Fornoue fut, en définitive, moins pénible que Novare pour Louis XII. Fornoue fut une victoire difficile, Novare une défaite, Pavie, un désastre.

Mais on excuse François Ier, parce qu'il a combattu Charles-Quint. L'histoire, comme la politique, se fait à coups de slogans. « La lutte contre la Maison d'Autriche » est sans doute un de ceux que les Français ont le plus rabâchés. Bien que l'Autriche, sous le règne de Louis XIV, ait plus que doublé en surface et en population, on sait gré à Louis XIV de l'avoir « abaissée ». À Charles VIII, au contraire, on demande : « Pourquoi donc êtes-vous allé à Naples, puisque, bientôt, Charles-Quint allait naître ? Pourquoi vous être jeté dans le guêpier italien ? Pourquoi avoir écouté Ludovic le More qui vous dirigeait vers la région d'Italie la plus éloignée de ses propres États ?

Comment n'avoir pas compris que le grand, le seul ennemi de la France, c'était les Habsbourg ? »

La question d'Espagne

Même de ce point de vue, les réquisitoires contre Charles VIII semblent bien légers et sa défense bien facile. On estime son projet déraisonnable, il paraît sage quand Ferdinand d'Aragon l'exécute. Les progrès de l'Espagne n'étaient-ils d'ailleurs pas aussi inquiétants pour la France que ceux de Maximilien ?

Elle venait de « reconquérir » Grenade et les côtes de l'Andalousie, elle tenait les Baléares, elle s'était emparée de la Corse, convoitait les Deux-Siciles. Le traité de Tordesillas qu'elle conclut avec le Portugal, l'année même où Charles VIII fit son expédition napolitaine, partageait le monde entre Espagnols et Portugais.

Si on considère que la France – qui venait de réunir la Provence et devenait une grande puissance méditerranéenne – n'espérait pas encore reprendre Calais, ni conquérir Toul et Verdun, on voit mal pourquoi elle se serait davantage méfiée du Habsbourg que de l'Aragonais.

Le titre d'empereur, quoiqu'il conférât à Maximilien un grand prestige, ne lui donnait pas de pouvoir réel, ni des ressources financières appréciables. Toute sa force, toute sa richesse lui venaient de son mariage avec Marie de Bourgogne. Il était l'héritier du Téméraire, mais précisément la défaite et la mort de celui-ci avaient montré que la question de Bourgogne, après s'être posée à la France en termes tragiques, pendant un siècle, était réglée : le grand empire bourguignon, dont avaient rêvé Jean sans

Peur et Philippe le Bon, n'était plus que le souvenir d'un cauchemar dissipé.

Aussi bien, la Maison d'Autriche n'a-t-elle constitué, pour la France, un danger mortel qu'à partir du moment où elle est devenue la « Maison d'Espagne », et elle ne l'a plus été – malgré les agrandissements de l'Autriche – quand la prépondérance espagnole a cessé.

Louis XV n'avait pas raison de dire, devant le tombeau de Marie de Bourgogne et de Maximilien : « Toutes nos guerres sont venues de là ! » Si fâcheux que fût ce mariage, la France en avait surmonté les inconvénients : la fin du règne de Louis XI avait été pour elle une époque glorieuse et le traité d'Arras montrait assez qu'entre les Valois et les Habsbourg, un compromis était possible.

C'est le mariage de Philippe le Beau avec Jeanne la Folle qui rendit rétrospectivement calamiteux, pour la France, celui de Maximilien. La preuve en est qu'elle a plus souffert de Philippe II que de Charles-Quint, et fort peu de Ferdinand Ier et de Ferdinand II. Il est vrai que Philippe II tirait, de ses provinces bourguignonnes, une grande partie de sa puissance maléfique. Il ne faut quand même pas oublier que, pour le roi d'Espagne, la Castille, l'Aragon et l'Andalousie demeuraient l'essentiel de son patrimoine et de ses soucis.

D'ailleurs, l'émancipation des Pays-Bas par la guerre de Quatre-vingts ans n'a pas mis fin aux guerres franco-espagnoles. La perte de Naples, l'installation de Ferdinand d'Aragon sur le trône revendiqué et conquis par Charles VIII ouvre la série des échecs que l'Espagne va faire subir à la France : sous François Ier vaincu à Pavie et prisonnier dans Madrid, sous Henri II vaincu à Saint-Quentin, sous Henri III qui doit fuir Paris où les Espagnols s'installent, et même encore sous Richelieu qui, après Corbie, voit l'exode des Parisiens devant les troupes de Philippe IV. La série noire dure jusqu'à Rocroi.

Un siècle et demi, le royaume a vécu dans la peur de l'invasion et ses rois, dans celle de la trahison et de l'assassinat. Car c'est le roi d'Espagne qui fait assassiner Henri III, puis Henri IV, comme il avait fait assassiner Guillaume le Taciturne et comploté l'assassinat d'Elisabeth. Personne n'a compté, autant que Philippe II, sur le poignard pour modifier les données générales de la politique. Un siècle et demi, les agents du roi d'Espagne ont tenu le haut du pavé dans Paris et même à la Cour de France : les Guise, Cinq-Mars, et les chefs de la Fronde ont été payés par lui, comme Jacques Clément et Ravaillac avaient été armés, directement ou indirectement, par lui.

La France a été intoxiquée au point de célébrer la vaillance et de pleurer les malheurs de ceux qui la trahirent ; Vigny, Hugo, Dumas prennent parti contre Richelieu, contre Mazarin, pour ceux que l'ennemi avait séduits ou subornés. On a expliqué que la trahison n'avait pas le même sens ni la même portée alors qu'aujourd'hui, on n'a pas expliqué pourquoi le roi de France n'avait personne à sa solde, dans Madrid, quand le roi d'Espagne avait tant de monde à la sienne, dans Paris.

On dirait qu'à la faveur d'une similitude de noms, les rancunes de la France contre l'Espagne ont été transférées sur la « Maison d'Autriche ».

Quand on se rappelle que le coup d'arrêt décisif à l'impérialisme espagnol fut porté, non par les armées de Richelieu, mais par la flotte d'Elisabeth, on est tenté de croire que la France aurait eu moins à craindre de Madrid si elle avait été maîtresse de Naples.

Elle pouvait le devenir : l'intrigue diplomatique de Venise qui contraignit Charles VIII à un retour précipité et l'épidémie de syphilis qui décima son armée, n'étaient pas des fatalités insurmontables. Aussi bien, Charles VIII préparait sa revanche quand il mourut.

Ferdinand d'Aragon ne désirait pas affronter l'armée française. La conquête des Amériques donnait beaucoup de travail aux Espagnols ; la reconquête de Grenade et l'expulsion des Maures posaient des problèmes ardus. Ferdinand craignait pour la Catalogne et le Roussillon ; il avait admis, semble-t-il, le principe de la deuxième expédition comme il avait admis celui de la première.

La prétention française sur Naples fut rendue vaine par celle de Louis XII, puis de François Ier, sur le Milanais. Prétention beaucoup plus folle, en dépit des apparences géographiques, car Naples restait excentrique par rapport à l'ensemble bourdonnant et confus des républiques italiennes, Milan non pas. Sa réunion à la France n'était sans doute pas plus difficile ni improbable que celle des Flandres et du Hainaut. D'ailleurs, la revendication de Charles VIII fut finalement acceptée par l'empereur, par le roi catholique, par le pape ; celles de Louis XII et de François Ier ne le furent pas.

Le rêve de croisade et la question turque

Mais Charles VIII s'aliéna de nombreux historiens parce qu'il parut se soucier moins des Italiens, et même des Espagnols, que des Turcs. Il fit son entrée dans Naples, costumé en empereur byzantin. Il pensait combattre le sultan, il se flattait que l'Europe chrétienne l'y aiderait, qu'en tout cas, elle ne l'en empêcherait pas. Certes, il se faisait à ce sujet beaucoup d'illusions. Mais, après lui et malgré son exemple, Charles-Quint – qui n'était pas irréfléchi – s'en est fait de semblables.

On a fini par rendre ridicule cette idée de recommencer la Croisade en pleine Renaissance et par donner à Charles VIII l'air généreux, mais délirant d'un Don Quichotte avant la lettre.

Il n'avait pourtant que trop raison d'inscrire au premier rang de ses soucis la défense de l'Occident contre les Turcs. Depuis la chute de Constantinople, ils ne cessaient de progresser et ils allaient bientôt exercer, en Méditerranée, une hégémonie à laquelle la bataille même de Lépante, en 1571, ne devait pas mettre fin.

Le début du XVe siècle fut une véritable épopée ottomane : 1513, conquête de l'Arménie – 1514, victoire sur la Perse – 1516-17, conquête de l'Égypte – 1521, prise de Belgrade – 1522, prise de Rhodes – 1526, Mohacz, un des pires désastres que l'Europe chrétienne ait subis, depuis Nicopolis. Soliman attaquait la Hongrie. Louis II Jagellon – dernier rejeton de l'illustre famille qui avait régné sur la Pologne et la Lithuanie et qui régnait encore sur la Hongrie et sur la Bohême – rassembla toutes ses forces pour arrêter les spahis et les janissaires; il fut battu, écrasé, tué. Les Turcs entrèrent dans Buda-Pesth, la Hongrie n'avait plus de défenseur, la Bohême n'avait plus de roi. C'est Ferdinand de Habsbourg, frère de Charles-Quint et beau-frère de Louis Jagellon, qui organisa, précipitamment, la défense du Danube et de la marche autrichienne.

Les Turcs allaient bientôt devenir les maîtres du Maghreb, Charles-Quint tenta en vain de leur soustraire Alger. Même dans le midi de la France, Toulon et la côte des Maures allaient devenir une Turquie miniature.

Aujourd'hui encore, la différence entre les pays européens soumis par les Turcs et ceux qui leur ont échappé, reste visible : c'est la différence entre le mouvement et l'immobilité, entre la vie et la mort. Avant la Deuxième

Guerre mondiale, la rive orientale de l'Adriatique ressemblait moins à la rive occidentale qu'aux pays du Moyen-Orient.

On oublie trop que les territoires conquis par les Turcs, depuis Mourad et Bajazet, n'étaient pas moins vastes que ceux dont l'URSS, après la défaite du Troisième Reich, a fait des démocraties populaires.

Mais on dirait que l'Occident ne se rappelle pas ce que fut la menaçante grandeur de la Turquie. La plupart des Français sont persuadés que Charles-Quint craignait plus son rival François Ier que Soliman le Magnifique et que « l'alliance » entre le sultan et le roi fut conclue sur un pied d'égalité. Or, il n'y eut pas d'alliance : François Ier, de sa prison, envoya sa bague au sultan qui la reçut comme l'hommage d'un suppliant.

Non seulement à la fin du XVe, mais à la fin du XVIe siècle, encore, l'empire ottoman était plus vaste, plus peuplé que tous les royaumes d'Europe réunis.

Le *Bourgeois Gentilhomme* nous rappelle assez l'émotion des Parisiens, quand le Grand Turc daigna envoyer au Roi-Soleil une mission extraordinaire et temporaire. Le grand-vizir gifla publiquement l'ambassadeur de France sans que Louis XIV, pourtant si chatouilleux en matière de préséances, croie devoir pour autant rompre les relations diplomatiques avec la « Sublime-Porte ».

Telle était la disproportion des forces entre la France, au zénith de sa grandeur, et la Turquie, au début de son déclin.

Charles VIII ne pouvait ignorer ce danger. S'il a pensé : je dois défendre la chrétienté, nous devons admirer sa clairvoyance.

Croisade et chimère

Il faut toujours se méfier quand on entend les mots : chimère et chimérique. Ils ont constamment servi à disqualifier les inventions les plus admirables et les ambitions les plus justes. Le chemin de fer a paru chimérique, et l'avion, et la loi des huit heures, le repos hebdomadaire, les congés payés, la sécurité sociale. Et plus encore, les projets de paix perpétuelle, de sécurité collective, qui ont provoqué le rire, depuis l'abbé de Saint-Pierre jusqu'au président Wilson.

Charles VIII, d'ailleurs, avait bien le droit d'être chimérique. On l'était beaucoup en son temps. Maximilien rêvait de devenir pape, César Borgia de rassembler toute l'Italie sous le gonfalon que lui avait donné son père, Pic de la Mirandole rêvait de tout savoir, Léonard rêvait de machines qui ne furent pas construites, de colosses qui ont croulé, de couleurs qui se sont effacées. Christophe Colomb ne semblait pas moins chimérique, en prétendant atteindre l'Extrême-Orient par l'ouest, que Charles VIII en prétendant régner sur Naples. Jamais l'Europe n'a charrié plus de revers qu'à la fin du XVe siècle ! Ces rêves-là ont amené de grandes découvertes, la Renaissance et la Réforme.

Une France qui développerait sa puissance maritime, une chrétienté qui se défendrait contre l'islam, étaient-ce des chimères ? Ces chimères-là répondaient à la ligne générale que l'Europe devait suivre et qu'elle a, tant bien que mal, suivie. Ce que Charles VIII voulait faire, a été fait par d'autres sinon par lui, par les Espagnols sinon par les Français, par les Habsbourg sinon par les Valois. C'est pourquoi l'Espagne devint, pour un siècle et demi, la puissance prédominante dans l'Europe chrétienne.

Celle-ci, en effet, depuis le haut Moyen Âge, constitue un ensemble vivant, quoique souvent à l'insu des peuples qui la composent et des maîtres qui les gouvernent. La communauté de destins, entre ces nations, a toujours dominé, de loin, leurs rivalités qui restent superficielles, même quand elles semblent inexpiables. Il suffit de considérer les concordances chronologiques pour voir que ces pays rivaux ont connu ensemble la prospérité et la pénurie, la grandeur et la misère, et que le malheur des uns a bien rarement fait le bonheur des autres.

Ensemble, les Européens ont dû se défendre contre les assauts des nomades. Ensemble, ils ont été menacés par les invasions, secoués par les révolutions, accablés par les épidémies et les disettes. Ensemble, ils se sont élancés, au XVe siècle, sur les océans. Ensemble, ils ont déclaré à la matière, à l'espace, au temps, cette guerre de plus en plus frénétique.

La règle veut que prédomine, en Europe, la nation qui contribue le plus à sa défense et à son progrès : l'Allemagne, quand elle arrête les Hongrois et les Slaves, la France, quand elle prend la tête de la Croisade, l'Autriche des Habsbourg, quand elle défend le Danube contre les Turcs, l'Espagne, quand elle découvre les Amériques, les Pays-Bas, quand ils la relayent pour développer la colonisation européenne, la France, quand elle cherche à unifier et à équiper l'Europe, l'Angleterre, quand elle devient le fer de lance de l'industrie et du commerce européens.

Bien que les peuples européens aient subi cette règle, la plupart d'entre eux n'y ont pas cru et n'y croient pas aujourd'hui encore.

Il est admis que la grandeur des Habsbourg, au XVIe siècle, tient à l'étonnante série de mariages heureux qu'ils ont faits, non pas au courage avec lequel les rois catholiques ont enfourché la « chimère » américaine, ni à la position d'avant-garde où les progrès des Turcs mirent l'Autriche.

Il est admis que le dessein de Charles VIII – qui, s'il avait pu être exécuté, aurait assuré la prédominance française en Europe – était contraire aux intérêts évidents et permanents de la nation.

Quoiqu'en fin de compte, ce soient les plus grandes chimères qui ont procuré les plus grands profits, l'horreur de la Chimère est si forte qu'on présente les Croisades comme une noble folie, une erreur généreuse, alors qu'elles avaient, pour premier objectif, d'assurer la défense du monde occidental contre le monde arabe.

Même saint Louis, on lui pardonné plutôt qu'on ne l'approuve. La plupart de nos historiens lui ont reproché le traité trop modéré qu'il conclut avec le roi d'Angleterre, Henri IV, après l'avoir battu à Taillebourg. Ils le soupçonnent de n'avoir pas tiré de sa victoire tous les avantages qu'il aurait pu, parce qu'il désirait avant tout combattre les infidèles. Sans doute il est vrai que la Croisade a été perdue et que la guerre de Cent Ans a eu lieu. Mais elle a commencé un siècle après la mort de Saint Louis. Pour la rendre possible, il fallut beaucoup de circonstances, d'imprudences, d'erreurs et de malheurs que Saint Louis ne pouvait guère prévoir. Il fallut d'abord que Philippe le Bel proclame, avec une sorte de furie, la bâtardise de ses petits-enfants. D'autre part, la Croisade de Saint Louis aurait pu réussir, s'il n'était pas mort de la peste et si les princes francs de Syrie ne s'étaient pas opposés à son projet d'alliance avec les Mongols contre les Musulmans.

Ce n'est sûrement pas la magnanimité et l'équité de Saint Louis, mais bien plutôt la perte des Croisades, le recul de l'Occident chrétien, qui ont soulevé la vague de calamités par laquelle l'Europe fut comme submergée, dans la deuxième partie du XIVe siècle. Le grand élan gothique avait produit la Croisade, sa fin a marqué le déclin du Moyen Âge, la naissance de ce « monde méchant », plein de haines, de démons, de terreurs dont M. Huizinga a si bien montré le caractère délirant.

Là où Saint Louis n'est pas épargné, comment Charles VIII ne serait-il pas accablé ? Toute comparaison entre lui et son grand aïeul serait indécente, mais les réserves qu'on fait sur l'un et les réquisitoires qu'on dresse contre l'autre, procèdent des mêmes doctrines et des mêmes passions.

Les Occidentaux, et particulièrement les Français, souffrent mal que leurs gouvernants ne se préoccupent pas de leurs intérêts strictement nationaux, à l'exclusion de tout le reste. On voit bien, dans *la Guerre et la Paix*, que les Russes qui aimaient tant le tzar Alexandre Ier, ont mal pris, et mal compris, qu'il veuille « sauver l'Europe ». Il avait libéré la Russie, chassé la Grande Armée, cela aurait dû lui suffire et suffisait à Koutouzov.

De même, quand Leibniz adjure Louis XIV de combattre les Turcs, personne, fût-ce rétrospectivement, n'examine cette suggestion : Leibniz, en conseillant à Louis XIV de conquérir l'Égypte, ne cherchait-il pas à le duper, à l'entraîner loin de l'Allemagne ? On sourit même à la pensée qu'il ait pu supposer, chez le roi, assez de candeur pour étudier ce projet.

Mais l'expédition d'Égypte que Louis XIV n'a pas voulu faire, Bonaparte l'a faite. L'Angleterre s'est emparée de l'Égypte au moment où elle avait pour reine, Victoria, et pour premier ministre, Disraëli.

L'idée de Leibniz, c'était que la défense des chrétiens et l'expansion de l'Europe en Afrique et en Asie importaient davantage que ses chétives querelles de bornage et ses ridicules disputes de préséances. Il avait raison.

Finalement, nier, sous-estimer, moquer la Croisade, c'est nier et moquer l'Europe elle-même. Elle est née au XIe siècle, jusque-là, elle dormait du sommeil de Blanche-Neige, accablée par le désastre de Rome. L'hiver qui commence au Ve siècle, continue jusqu'à l'éveil roman. Charlemagne ne règne que sur un conglomérat mou de fermes qu'il ne saura pas mettre en état de résister aux incursions prochaines des Normands, des Slaves, des Hongrois, des Arabes.

C'est avec Cluny, avec la réforme de l'Église, la papauté de Grégoire VII, la victoire d'Othon le Grand, la fondation du Saint-Empire romain germanique, la France capétienne, la conquête de l'Angleterre par les Normands, que l'Europe, dans laquelle et de laquelle nous vivons, s'éveille et va dominer l'histoire.

Or, à peine éveillée, elle se précipite vers la Syrie, car elle veut délivrer les Lieux saints et fonder les royaumes francs, comme plus tard, elle voudra reconnaître et conquérir toutes les terres du monde.

Une Europe qui ne veut rien qu'elle-même, une nation européenne qui ne pense qu'à soi, sont incompatibles avec l'essence même de l'Europe et des peuples qui la composent.

Qu'elle s'efforce de propager le christianisme ou le mercantilisme, ou la démocratie, ou la technique, il faut toujours qu'elle s'efforce à quelque chose qui la dépasse. Elle n'est pas faite pour le repliement. L'Europe et l'Européen sont tournés vers le dehors. Ils croient plus au monde qu'à eux, ils croient à l'espace plus qu'au temps et peut-être plus au corps qu'à l'âme. La civilisation occidentale est extravertie, comme les civilisations orientales sont introverties. L'Occident appréhende Dieu par l'étendue, comme l'Inde l'appréhendait par le temps. Nos docteurs ont disputé pour savoir si la création remontait à 5 000 ou 6 000 ans, quand les Hindous comptaient par *kalpas*, c'est-à-dire par millions d'années. Mais ni les Hindous, ni les Chinois n'ont conçu les galaxies, ils ont imaginé le monde très vieux, mais moins vaste qu'il est. Au contraire, c'est « le silence éternel des espaces infinis », non pas la durée infinie des âges, qui fait frissonner Pascal.

Quiconque croit vraiment à l'espace, veut conquérir l'espace ; aussi, les Occidentaux sont-ils seuls à avoir construit des avions, à avoir envisagé sérieusement de coloniser les astres. L'expansion est le propre de l'Europe comme la dilatation est le propre des gaz. La croisade lui est naturelle et nécessaire.

Il se trouve que Charles VIII fut le dernier des rois de France qui ait vraiment voulu se croiser. Son rêve semble le dernier flot, exténué, de la grande vague romane, qui avait soulevé la France au XIe siècle et qui avait fait de son peuple le plus riche du monde en puissance créatrice.

Je crois bien qu'à travers Charles VIII, ce qu'on dédaigne, c'est la France du XVe siècle. On s'est accoutumé à lui préférer celle du XVIe siècle. On s'est imaginé qu'elle avait appris de l'Italie ce qu'étaient l'art et la culture, alors qu'elle a surtout importé d'Italie l'académisme contre lequel luttaient les grands artistes italiens, Raphaël plus que Michel-Ange et, d'ailleurs, le Pérugin plus que Raphaël.

Je ne vois pas que la peinture française ait tant gagné de Fouquet à Clouet, que l'architecture française ait tant gagné à passer d'Amboise à Fontainebleau, que la poésie française ait tant gagné à passer de Villon à Du Bellay.

Avec François Ier, la France deviendra plus nationale, plus riche, mais non pas plus grande, au contraire ; elle sera dominée politiquement par l'Espagne, spirituellement par l'Allemagne, culturellement par l'Italie. Le XVIIe siècle est sans doute celui où l'influence française a été la plus faible en Europe. Je trouve, tout compte fait, plus de grandeur aux rêves de Charles VIII qu'aux pompes discutables de François Ier.

Le neuf thermidor ou l'historien contre la politique

Le neuf thermidor est, avec le quatorze juillet et le dix-huit brumaire, une des dates qui éveillent le plus d'échos dans la mémoire, dans le cœur des Français.

Il est même entré dans le langage international : Trotzki traitait Staline de *thermidorien.* Peu d'événements ont inspiré plus de discours.

Mais là où l'éloquence abonde, l'imposture surabonde. Aussi, l'image qu'on se fait du neuf thermidor a toujours été à la fois confuse et changeante.

Longtemps, la fin de Robespierre a signifié la fin de la Terreur et paraissait donc bénéfique. On se rappelait, non sans raison, que si elle avait eu lieu quelques jours plus tôt, André Chénier, Lavoisier peut-être, eussent échappé à la guillotine.

Puis, on s'aperçut que le neuf thermidor avait aussi marqué la fin de la Révolution, que celle-ci était terminée, non, comme le prétendait Lamartine, avec l'exécution des Girondins, mais bien avec celle des robespierristes, puisque aussitôt après, la réaction brandit les gourdins et les poignards de la « jeunesse dorée ».

Pour les radicaux, tels que M. Aulard, le neuf thermidor était la conséquence inévitable de la mort de Danton, qu'ils ne pardonnaient pas à Robespierre.

Pour les socialistes, tels que Mathiez, la Révolution n'était pas achevée en 1794, elle devait se prolonger en révolution sociale. Elle allait le faire, les décrets de ventôse annonçaient ce nouveau bond en avant, elle fut arrêtée le neuf thermidor. Robespierre incarnait la Révolution, elle mourut avec lui, et comme lui, prématurément. Cette idée s'est répandue, entre les deux guerres mondiales, au point qu'elle a servi de thème, non seulement aux orateurs socialistes ou communistes, mais aux propagandistes du colonel de la Roque eux-mêmes.

Ainsi, tout le monde en vint à voir dans le neuf thermidor l'aboutissement d'une « conspiration contre Robespierre ».

« Clercs de gauche », « clercs de droite » – comme disait Julien Benda –, robespierristes et antirobespierristes s'accordaient sur le fait de cette « conspiration » maudite par les uns, bénie par les autres.

Dès 1794, d'ailleurs, beaucoup de personnes, en France et hors de France, pensaient que le gouvernement de la République était celui de Robespierre. Certains parlaient des « ministres de M. de Robespierre ». Celui-ci, dans les derniers temps de sa vie, s'est efforcé de détruire cette légende. Efforts vains et qui le sont restés.

La conspiration contre Robespierre

Robespierre avait pourtant raison, en droit constitutionnel, et en fait.

Depuis la chute de la Gironde, le gouvernement de la France n'était pas un ministère présidé par un chef, mais un gouvernement collégial, exercé par le Comité de Salut public ; il devait le rester jusqu'au dix-huit brumaire, et donc, six ans après le neuf thermidor.

La notion de gouvernement collégial, quoique claire, choque nos habitudes d'esprit. Pour nous, un *ministère*, un *cabinet*, une *administration* sont présidés par un homme dont le nom les désigne : ministère Clemenceau, cabinet Churchill, administration Roosevelt.

Habitude si ancrée en nous qu'elle fausse la représentation que nous nous faisons des crises du Kremlin.

La grande majorité des Français est persuadée qu'il y avait en URSS un « gouvernement Malenkov », lequel fut renversé par M. Krouchtchev et ses amis. Or, le pouvoir était et reste détenu par le Politburo, qui ne pouvait pas renverser le gouvernement – comme le fait la Chambre des Députés – puisqu'il est lui-même le gouvernement.

Ce fut M. Malenkov qui tenta de modifier le Politburo afin d'y renforcer sa propre influence. D'autres déjà avaient réalisé de telles opérations. M. Malenkov aurait pu réussir la sienne. Mais il échoua : la majorité du Politburo, groupée autour de M. Krouchtchev, resta en place et disqualifia ceux qui avaient projeté son éviction.

Tel fut – toutes proportions gardées et toutes réserves faites – le cas de Robespierre.

Il n'était pas Premier ministre, ni même ministre, mais membre du Comité de Salut public, sans plus. Son influence était grande. Sa renommée dépassait de loin celle de ses collègues ; mais, officiellement, ses pouvoirs n'étaient pas plus étendus que les leurs.

De nombreux jacobins, des fonctionnaires, des magistrats, tels que Herman, des militaires, tels que Hanriot – et d'ailleurs, que Bonaparte –, les membres de la Commune qui avaient remplacé les hébertistes éliminés par Robespierre, étaient « robespierristes ».

L'influence et l'autorité de Robespierre, déjà considérables avant son entrée au Comité de Salut public, avaient encore grandi depuis qu'il avait liquidé les « factions » : celle des « Enragés » de Jacques Roux, puis celle de Hébert et de Chaumette, et enfin celle des « Indulgents » dantonistes.

Robespierre paraissait donc bien la personnalité la plus importante de la politique française. La plupart des « leviers de commande » ne lui en échappaient pas moins.

Carnot était le « grand spécialiste » de la guerre, il commandait l'administration militaire, avant que Robespierre entrât au Comité de Salut public. Les Affaires étrangères étaient dirigées par Barère, le Ravitaillement par Lindet, la Marine par Jean Bon. La Police dépendait surtout du Comité de Sûreté générale, qui était hostile à Robespierre. Les Finances étaient administrées par un Comité spécial sur lequel régnait Cambon.

Cette situation était évidemment instable, et d'autant plus que la conjoncture le devenait elle-même davantage. La Grande Terreur sévissait toujours, mais tout le monde en était excédé. L'élimination des Enragés et des hébertistes indiquait d'ailleurs le renversement de la tendance qui, depuis le commencement de la Révolution, avait toujours donné aux plus « avancés » l'avantage sur les plus modérés. Enfin et surtout, l'heure des grands périls semblait passée : après Fleurus, la question ne se posait plus de savoir si la France résisterait ou non aux armées « de Pitt et de Cobourg », mais plutôt jusqu'où elle les poursuivrait.

Sur les desseins de Robespierre, on n'a pas fini de disputer; en tout cas, quels qu'ils fussent, il ne pouvait les réaliser tant qu'il n'aurait pas en main les grandes administrations. Voulant la réalité du pouvoir qu'on lui supposait, il essaya de le conquérir. Le neuf thermidor marque l'échec de son entreprise, non le succès de « conspirateurs » qui travaillaient à le supplanter.

Rien, en effet n'indique que, ni à la Convention ni dans le Comité, on ait pensé sérieusement à ne pas lui renouveler son mandat gouvernemental.

Il est vrai que le propre de tels projets est qu'on les dissimule jusqu'à l'heure de les exécuter. Il est vrai que le Comité de Sûreté générale, en soulevant l'affaire Sainte-Amaranthe et l'affaire Catherine Théot, avait montré qu'il ne supportait pas sans impatience l'autorité de Robespierre. Mais le Comité de Salut public avait dessaisi le Comité de Sûreté générale de l'affaire Catherine Théot : la popularité de Robespierre, d'ailleurs, servait le gouvernement tout entier.

Quant à la Convention, elle était terrifiée et matée par les épurations successives qu'elle avait subies.

Le conflit entre Robespierre et ses collègues du Comité n'est pas venu de ce qu'ils voulaient se défaire de lui – ils n'en avaient sans doute pas les moyens ni même le désir – mais de ce que lui-même voulait retirer à certains d'entre eux les pouvoirs qu'ils détenaient.

Le neuf thermidor : victoire de la droite

Sa mort ayant coïncidé avec la fin de la Révolution, et la victoire des thermidoriens avec le début de la réaction, on en a conclu que *robespierriste* était synonyme de révolutionnaire, et *antirobespierriste* synonyme de contre-révolutionnaire, comme si Robespierre avait été le chef d'un gouvernement de gauche, renversé, le neuf thermidor, par la droite.

Ce point de vue, à peine contesté naguère, paraît aujourd'hui à peine soutenable.

En effet, parmi les ennemis de Robespierre, beaucoup étaient considérés comme plus à gauche que lui. C'était le cas de Billaud-Varenne, de Collot d'Herbois, lequel ne reprochait nullement à Robespierre d'avoir développé la Terreur, mais de vouloir punir les terroristes tels que Fouché et Carrier.

Et beaucoup d'ouvriers parisiens, partisans de Jacques Roux, de Chaumette, le soupçonnaient d'être devenu contre-révolutionnaire, monarchiste peut-être. Des émigrés, des agents anglais, à tort ou à raison, l'espéraient. La bienveillance de Louis XVIII envers la sœur de Robespierre donne à croire qu'il ne l'avait pas regardé comme un de ses adversaires les plus acharnés.

Enfin Napoléon a dit formellement que « si Robespierre avait triomphé le neuf thermidor, il aurait rétabli "le règne des lois" ». C'est-à-dire, terminé la Révolution.

Ni les robespierristes, ni les antirobespierristes n'ont regardé leur conflit comme celui de la gauche et de la droite. Il a fallu du temps pour que le neuf thermidor devienne une sorte de Waterloo civil qui clôt la série des victoires révolutionnaires – et partiellement les annule.

Quant au projet de révolution socialiste que Robespierre aurait formé, et dont les décrets de ventôse seraient une ébauche, c'est sans doute une légende. Le prolétariat, en tout cas, n'y a pas cru ; *il n'a pas pensé, en thermidor, que la cause de Robespierre fût la sienne. Il a plutôt pensé le contraire.* Peut-être n'avait-il pas tort… Mais la vérité est ici bien difficile à trouver, parmi les faits opposés et les intentions supposées. Tout le monde admet qu'en 1794, une révolution socialiste était objectivement impossible. Si donc, obsédé par les révolutions ultérieures, on s'obstine à se demander qui, en 1794, voulait, et qui ne voulait pas la révolution sociale, on finit par chercher le chasseur et le chien dans un rébus où il n'y a ni chien ni chasseur.

Assurément la bourgeoisie ne devait pas craindre beaucoup Robespierre : elle était trop forte et le prolétariat naissant trop faible pour que Robespierre puisse lui nuire, et sans doute il ne le voulait pas.

Il est vrai que les décrets de ventôse prévoyaient la distribution des biens des suspects aux pauvres, et que, pour réaliser une révolution communiste, il suffisait de considérer les riches comme suspects. Mais ces décrets ne furent jamais appliqués, malgré la présence de Robespierre au gouvernement. Les salaires, eux, furent « bloqués », et les revendications du prolétariat, durement réprimées. Si les décrets de ventôse ne furent pas, pour Robespierre, des mesures de pure propagande, il n'en espérait probablement qu'une suppression de la grande propriété et un développement de la petite propriété foncière.

Mais de ce qu'il ne soit pas tombé à l'avant-garde de la gauche, on ne peut en conclure qu'il soit tombé à l'avant-garde de la droite.

On veut que le prolétariat n'ait pas été atteint dans la personne de Robespierre, mais dans celles de Jacques Roux, des « Enragés », du général Rossignol, et cela par Robespierre lui-même.

Le général Rossignol, en effet, promettait de faire avancer les « bons révolutionnaires », fussent-ils incapables, et non pas les officiers « carriéristes », fussent-ils excellents. Il voulait que l'armée révolutionnaire reste distincte de l'armée tout court. Un tel programme, quoique apparemment d'extrême gauche, était-il conforme aux intérêts du prolétariat ? Barrer Jourdan, Hoche, Marceau, Kléber, pour faire monter en grade des incapables avérés, risquait d'ouvrir aux armées autrichiennes les routes de Paris. Était-ce là servir le prolétariat français ?

Les robespierristes ont débarrassé l'armée des éléments avancés, comme ils l'avaient naguère débarrassée des éléments attardés, qui, les uns et les autres, risquaient de la rendre inefficace. Ce faisant, ils ont cru servir la Révolution. Un marxiste ne peut pas admettre qu'en ménageant l'anarchie, on hâte le socialisme.

Robespierre, probablement, n'a pas plus voulu empêcher le socialisme qu'il n'a voulu le réaliser. Ce n'est pas en ces termes-là que la question se posait, ni pour lui, ni pour ceux qu'il avait abattus, ni pour ceux qu'il se proposait d'abattre.

La conjoncture avant thermidor

L'essentiel était – comme a dit Napoléon – de « rétablir le règne des lois », c'est-à-dire l'ordre dans l'État, et la concorde dans la nation.

Il fallait réformer l'État : le Comité de Salut public avait des attributions immenses, mais vagues, ses membres étaient soumis sans cesse au renouvellement. Quant à l'Assemblée, elle restait dépositaire de la souveraineté nationale, mais elle ne l'exerçait plus, depuis le supplice des Girondins. Le Comité se heurtait à bien des résistances. Il y avait plusieurs polices, plusieurs justices. Depuis les décrets de prairial, on pouvait même soutenir qu'il n'y avait plus de justice du tout.

Chacun sentait la nécessité, l'urgence de trouver un dénouement au drame qui se déroulait depuis quatre ans.

On peut croire que Danton a penché vers un orléanisme. Marat vers la dictature militaire. Il n'est pas impossible que Robespierre ait songé à une restauration, limitée par une Charte. Il n'est pas tout à fait absurde de le supposer républicain. En ces temps de suspicion extrême, chacun gardait pour soi ses arrière-pensées, et donc nous les ignorons.

Mais il était indispensable de mettre fin à la Grande Terreur. Le peuple ne la supportait plus. Le sang répandu lui donnait la nausée. Tous les quartiers de Paris, l'un après l'autre, demandaient qu'on éloigne d'eux les échafauds. Encore fallait-il, pour arrêter la Terreur, que le gouvernement ne fût pas impossible sans elle, donc que l'avilissement de la monnaie et la hausse des prix soient enrayés, le ravitaillement assuré, la chouannerie contenue.

La déchristianisation

Pour Robespierre, le rétablissement de la paix intérieure impliquait d'abord la paix religieuse : il prouvait par là sa clairvoyance. La déchristianisation était allée très loin : Metternich raconte, dans ses *Mémoires*, que les jeunes soldats français ne savaient plus ce que signifiait Noël. L'événement a quand même montré que la France restait chrétienne. Robespierre, mieux informé que quiconque du sentiment public, s'en est rendu compte. Il détestait d'ailleurs l'athéisme. Il voulut que le culte de l'Être Suprême ramène les Français à la tolérance.

La déchristianisation était condamnée, elle n'en gardait pas moins ses fanatiques : le libertinage, la « libre pensée » sont, en France, des religions qui ont leurs prophètes et leurs martyrs; elle avait ses profiteurs aussi, au premier rang desquels les acquéreurs de biens ecclésiastiques ; ils craignaient, si l'Église n'était plus considérée comme l'ennemie de l'État, qu'on ne revise les marchés abusifs conclus à ses dépens.

C'est pourquoi le culte de « l'Être Suprême » souleva tant d'oppositions : chez les conventionnels, dans le Comité des Finances – Cambon, « grand argentier », était aussi grand acquéreur de biens ecclésiastiques –, dans le Comité de Sûreté générale – auquel avait spécialement incombé la poursuite des prêtres réfractaires –, et même dans le Comité de Salut public : Collot d'Herbois estimait, non sans raison, que si l'on restaurait la tolérance, on serait bientôt conduit à punir les massacreurs, ses amis.

La conduite de la guerre

Mais le plus grave de tous les problèmes était assurément celui de la guerre et de la paix.

Les soldats de l'An II se battaient avec enthousiasme. Les chefs politiques, eux, ne pouvaient pas ne pas se demander comment traiter avec la coalition qu'il fallait bien apaiser, diviser ou abattre.

Cette coalition comprenait essentiellement l'Angleterre, la Prusse et l'Autriche.

Pour la Prusse, dans la France révolutionnaire, elle n'avait pas d'ennemi. Elle semblait toujours l'alliée naturelle de la France, on ne pardonnait pas à Louis XV d'avoir contrevenu à ce principe et préféré Marie-Thérèse au Grand Frédéric.

L'Autriche, elle, restait l'objet de haines vives et tenaces. C'était le pays des Jésuites, la patrie de Marie-Antoinette. Depuis François Ier jusqu'à Louis XIV, la

« Maison d'Autriche » avait été le principal adversaire de la France.

D'autre part, les « frontières naturelles » étaient devenues, pour l'opinion française, une mystique. Or, ces frontières, c'était d'abord le Rhin, sur lequel l'Autriche veillait.

Il est vrai que le Rhin finit en Hollande, et que les Anglais ne pouvaient, pas plus que les Autrichiens, admettre que le pays de Guillaume d'Orange soit annexé à la France. Mais Montesquieu a bien dit : « Le Rhin, après avoir été un des plus grands fleuves d'Europe, n'est plus qu'un ruisseau quand il se jette dans l'Océan. » Passé la Westphalie, il perd jusqu'à son nom.

Beaucoup de Français, dont Robespierre et Saint-Just, admettaient donc que la Hollande ne soit pas incluse dans les frontières naturelles. C'était en conséquence l'Autriche et non pas l'Angleterre, qui paraissait l'ennemi principal, le plus détestable.

Saint-Just, comme Robespierre, rêvait d'ailleurs d'une France agricole et frugale de fantassins héroïques et de paysans irréprochables. Ce conglomérat de villages, dont les institutions de Saint-Just tracent le plan, quel besoin avait-il de Rotterdam, et qu'est-ce qui l'opposait à l'Angleterre ?

L'industrie française toutefois grandissait. Elle mesurait l'importance des marchés coloniaux. Pour elle, le principal ennemi, le concurrent le plus dangereux, c'était l'Angleterre, qui avait évincé les Français des Indes, des Amériques, qui leur avait imposé les traités désastreux de 1786 et qui prétendait devenir non seulement la plus grande puissance maritime, mais la première puissance industrielle d'Europe. La France des jeunes manufactures regardait donc comme de l'histoire ancienne la rivalité des Habsbourg et des Bourbons. La rivalité des manufactures françaises et britanniques lui importait davantage.

Carnot, chef et aussi pourvoyeur des armées, était par là même tout proche des industriels. Pour lui, la Carthage nouvelle qu'il fallait détruire, c'était l'Angleterre.

C'est pourquoi il préparait la conquête de la Hollande, avec Pichegru, son général favori. Peu avant Fleurus, il songeait même à diminuer les effectifs de l'armée de Sambre-et-Meuse afin de grossir celle du Nord. Saint-Just et Robespierre l'en empêchèrent; représentant à l'armée de Sambre-et-Meuse, Saint-Just préférait Jourdan à Pichegru.

Le procédé de Carnot envers Jourdan lui parut intolérable, et son entreprise sur les Pays-Bas tellement insensée qu'il le soupçonna de collusion avec l'Autriche. C'était là du délire : Mathiez a montré que le « complot de l'étranger » avait tourné toutes les têtes. Chacun des grands hommes de cette époque craignait que l'autre fût à la solde de l'ennemi. Saint-Just – qui connaissait très bien les plans de Jourdan et moins bien ceux de Pichegru – n'imaginait pas que celui-ci s'emparerait de la flotte hollandaise immobilisée par les glaces, ce qui arriva pourtant après sa mort. Il crut, plus simplement, que Carnot voulait éviter à l'Autriche la grande défaite qu'il comptait lui voir infliger, et il crut aussi que Pichegru voulait frustrer Jourdan de sa victoire prochaine.

Robespierre avait tort de supposer tout de suite la trahison chez ses adversaires, il avait raison de croire qu'on peut difficilement rétablir la paix sans vaincre d'abord les résistances de ceux qui sont trop engagés dans la guerre. Celle-ci durait depuis deux ans; elle avait suscité beaucoup d'héroïsme, mais elle était aussi devenue de plus en plus indispensable à beaucoup d'intérêts.

La guerre crée toujours un parti de la guerre. Il y en avait un dans la France de 1794, qui devait dominer jusqu'à l'effondrement de Napoléon.

Or Robespierre avait toujours été l'homme de la paix : cette préférence avait failli lui coûter sa popularité, elle faisait de Carnot son ennemi naturel ; même s'il avait été d'accord avec Carnot sur la politique générale, le compromis avec lui eût été difficile.

« L'organisateur de la victoire » ne reconnaissait aucun supérieur. Les hommes que l'Assemblée et le peuple avaient portés tour à tour au pinacle, de Mirabeau à Danton, disparaissaient l'un après l'autre ; il restait, lui, le maître incontesté de l'administration la plus importante pour le salut du pays. Jamais il n'accepta l'autorité de Bonaparte, dont il ne pouvait méconnaître le génie. Comment eût-il accepté celle de Robespierre qui avouait ne rien entendre aux choses de l'armée, qui se méfiait d'elle et ne s'en cachait pas ?

Tout séparait les deux hommes : Carnot était ingénieur, Robespierre avocat ; l'un aimait le progrès, l'autre la vertu ; l'un semblait se désintéresser du Parlement, l'autre était avant tout un grand parlementaire. Quand ils s'opposèrent à la guerre de Hollande, on sait que Carnot traita Robespierre et Saint-Just de « dictateurs ridicules », prouvant par là même qu'ils ne l'étaient pas.

Le plan de Robespierre

Saint-Just était à l'armée, il détestait Carnot, mais de loin. Robespierre, lui, le rencontrait tous les jours au Comité. Après leur dispute, il décida de n'y pas retourner.

Sa retraite sur l'Aventin commença quarante-cinq jours avant le neuf thermidor.

Elle signifiait sa résolution d'en finir avec les déchristianisateurs qui empêchaient la paix au-dedans, avec les « grands spécialistes » qui empêchaient la paix au-dehors, avec le Comité de Sûreté générale et ses complots policiers, comme avec les terroristes massacreurs et corrompus, avec le Comité des Finances de Cambon qui ne comptait plus que sur le pillage, pour combler son déficit budgétaire.

Il mûrit son plan d'attaque.

L'objectif? Une dernière épuration qui écarterait de tous les postes où ils pouvaient le gêner ses adversaires actuels et même virtuels.

Les moyens ? Un vote de la Convention qui modifierait le Comité de Sûreté générale, le Comité des Finances, et réorganiserait le Comité de Salut public. Mais pour cela, il fallait, au moins momentanément, rendre le pouvoir à l'Assemblée et y rallier une majorité. Où trouver cette majorité, sinon dans la « Plaine » qui l'avait toujours détenue? Naguère, seules les voix de la « Montagne » semblaient compter, parce que le « Marais » avait trop peur d'elle pour ne pas lui apporter servilement les siennes. Elle n'en était pas moins minoritaire.

Robespierre ne pouvait d'ailleurs plus compter sur elle. Depuis la liquidation des hébertistes et des dantonistes, elle était émasculée, divisée en une multitude de tendances, depuis les purs (tels que Romme), jusqu'aux ultra-corrompus (tels que Tallien). Elle ne se distinguait plus que par sa faiblesse numérique de la Plaine qui tendait à devenir la Convention elle-même, celle-ci ayant abdiqué en faveur des Comités.

Il fallait donc gagner les modérés. Robespierre a dû penser que ce n'était pas impossible, ni même difficile.

Non pas qu'il ait compté sur son éloquence, comme certains l'en ont accusé avec quelque sottise. Assurément il était l'orateur le plus écouté de la Convention : la mort l'avait d'ailleurs défait de ses rivaux. Mais il n'était pas assez dépourvu d'expérience parlementaire pour croire que l'éloquence suffit à changer les votes.

Il se croyait en droit d'espérer que la Plaine le suivrait, car elle avait toutes raisons de le faire, les hommes qu'il voulait abattre, bourreaux de Nantes, de Lyon, anciens complices de l'Évêché, massacreurs de Septembre, l'ayant constamment torturée.

Qui, d'ailleurs, sinon lui, l'avait délivrée de Jacques Roux, de Vincent, du Père Duchêne, de Chaumette ? Qui avait obtenu « l'assouplissement du maximum », le blocage des salaires ? Pourquoi les victimes de Fouquier-Tinville lui refuseraient-elles la tête de Fouquier-Tinville ? Pourquoi les rentiers défendraient-ils, contre lui, la politique inflationniste de Cambon qui les ruinait ?

Il ne désirait donc pas que les cœurs des députés changent, il désirait que les députés votent selon leur cœur.

Mais ils ne le faisaient pas toujours. Il le savait mieux que personne. La « représentation nationale » gardait dans l'esprit public son caractère sacré. Mais depuis longtemps, la souveraineté de l'émeute tempérait celle de la Chambre. Car si la Convention était souveraine, le peuple l'était aussi ; et l'émeute était censée exprimer celui-ci, comme l'Assemblée exprimait celle-là.

Il ne suffisait donc pas que les députés veuillent approuver Robespierre, il fallait encore qu'ils le puissent, et même qu'ils ne puissent faire autrement.

Robespierre, donc, voulait les voix des modérés pour une politique d'apaisement. Mais ces voix, il ne pouvait être sûr de les obtenir sans le concours des émeutiers parisiens, des Jacobins, sans la connivence éventuelle des soldats de Hanriot, des jeunes recrues qu'on exerçait aux alentours de Paris.

D'où l'ambiguïté de sa politique qui a donné lieu à tant d'interprétations diverses. Politique inintelligible, en effet, si l'on se réfère aux seuls principes, mais toute simple si l'on veut bien se rappeler que Robespierre devait ménager à la fois les modérés de la Plaine et les émeutiers de Paris.

Pour rester le « maître de la Révolution », il ne désavoue donc pas les décrets – socialisants – de ventôse. Après l'attentat manqué de Ladmiral, l'attentat de Cécile Renault, il soutient les décrets de prairial, décrets si terribles que Saint-Just, quand il les connut, ne cacha pas sa réprobation et même sa colère.

Mais, d'autre part, ses agents sillonnent les rues de Paris, répètent de bouche à oreille : « Robespierre ? Il n'est plus rien dans le gouvernement. Sinon, soyez-en sûrs, il ne laisserait pas punir des innocents, il serait juste et indulgent. »

Son frère, d'ailleurs, en province, faisait élargir de nombreux suspects ou prétendus tels, et Saint-Just faisait exécuter à Strasbourg Euloge Schneider, terroriste impur. Même lors de sa rupture avec Danton, Robespierre ne s'était pas dressé contre son « indulgence » mais contre sa corruption. Il l'avait défendu jusqu'à ce que les escroqueries de Fabre d'Eglantine rendent évidents les trafics des dantonistes.

Aussi, peut-on représenter Robespierre, dans les semaines qui précèdent Thermidor, à la fois *comme quasi communiste et comme réactionnaire.* Mais n'est-il pas naturel, quand on cherche à rassembler une majorité, de recourir à la séduction et à la menace, de jouer à la fois de la modération et du terrorisme ? De laisser planer le plus de doutes possible sur ses intentions véritables ? Est-il contradictoire, lorsqu'on veut faire avancer un âne, de le menacer du bâton, tout en lui montrant une carotte ?

Ces politiques subtiles ont été très souvent pratiquées par les aspirants dictateurs. Quand on prémédite un coup d'État, on tâche de rassurer à la fois la gauche et la droite, on annonce en même temps une justice implacable et un pardon généreux, on promet la magnificence et l'économie, le retour à la paix ainsi que l'intransigeance sur l'honneur national.

Le risque, bien entendu, est qu'au lieu de gagner sur chaque tableau, on perde sur tous.

Robespierre ne l'ignorait pas. Il voyait bien les ambiguïtés de sa position.

D'abord, le gouvernement qu'il voulait épurer, passait pour le sien. D'autre part, il se proposait d'en appeler à la Représentation nationale, contre « l'Exécutif ». Or, personne n'avait plus contribué que lui à l'affaiblissement de l'une et au renforcement de l'autre.

Il paraissait à la fois « le citoyen contre les pouvoirs », l'éternel méfiant qui avait sans cesse déjoué les complots des réactionnaires camouflés, des généraux conspirateurs, et l'homme fort qui voulait donner, qui avait donné à la France une direction plus claire, une administration plus ferme.

Fleurus faisait ressortir cette contradiction. Sans Robespierre, la victoire n'eût probablement pas été possible. Mais Fleurus a sans doute contribué à sa perte. Il avait dit ouvertement à Carnot : « Je vous attends à la première défaite. » Il s'était plaint qu'on fasse trop « mousser nos victoires comme si elles n'avaient rien coûté ! » Il avait même exigé que ce fût Couthon, et non plus Barère – dont la grandiloquence l'irritait – qui en rende compte à la Convention.

N'aurait-il pas eu conscience de la fausseté de sa position, Saint-Just la lui aurait fait prendre. Il ne pouvait approuver le dessein de Robespierre. Représentant aux armées, il pensait en soldat, autant et plus qu'en député. Après avoir préparé Fleurus avec Jourdan, il s'était battu avec un courage remarquable, même dans cette journée et dans cette armée où l'héroïsme était monnaie courante. Il ne pouvait pas préférer la Convention au Comité.

Son animosité, et même son injuste méfiance envers Carnot n'étaient pas moindres que celles de Robespierre. Mais s'il désirait l'éliminer, il ne le méprisait pas comme il méprisait les « crapauds du Marais », les proconsuls massacreurs, les dantonistes concussionnaires. Pour lui, l'Assemblée avait mené la France au désastre, et le Comité de Salut public l'avait menée à la victoire. Rien ne pouvait prévaloir sur ce fait. D'ailleurs, Carnot excepté, Saint-Just ne haïssait pas ses collègues du Comité, et pensait, non sans raison, qu'eux non plus ne le détestaient pas.

Tentative de conciliation. Cinq thermidor

Il voulut donc réconcilier Robespierre et le Comité, arbitrer même leur conflit, ce qui lui eût donné une position prépondérante. Et il espérait bien réussir : le gouvernement n'avait pas intérêt à se disloquer.

D'abord, ses membres n'étaient pas unis. Collot, Billaud se situaient à la gauche de Robespierre, Carnot à sa droite. Les « grands spécialistes » avaient toujours eu besoin d'un homme capable de parler à la Convention et de la manœuvrer. Ils n'étaient pas des orateurs et le savaient. Leur audience aux « Jacobins » n'était pas plus grande qu'à l'Assemblée. À défaut de

Robespierre, ils devraient recourir à Billaud-Varenne. Faisait-il le poids ? Et s'entendraient-ils mieux avec lui qu'avec l'Incorruptible ?

Les « spécialistes » eux-mêmes se trouvaient divisés par la nature des choses. La situation de Carnot était forte, parce que les armées étaient victorieuses ; celle de Lindet l'était moins, parce que le ravitaillement restait défectueux ; aussi Lindet évitait-il de se prononcer sur la politique générale. Il hésita jusqu'au huit thermidor, entre Robespierre et les autres, Barère balança encore plus, étant de ces politiciens qui se demandent : « Que va-t-il arriver ? » et non pas : « Qu'est-ce que je veux qu'il arrive ? »

Quant à Collot et Billaud, comment n'auraient-ils pas eu peur de rester seuls, avec les spécialistes qui avaient constamment souhaité la mort des grands tribuns de la Révolution ? Ils pouvaient difficilement soutenir Robespierre – séparés de lui par la question religieuse – mais ils ne pouvaient guère soutenir contre lui Carnot, qui passait pour austrophile et modéré.

Si donc l'accord semblait impossible entre le Comité et Robespierre, la rupture ne le semblait pas beaucoup moins.

Nous admettons que la conciliation était irréalisable parce qu'en fait, elle n'a pas eu lieu. Mais elle n'était pas inconcevable, puisque Barère, puis Saint-Just l'ont tentée, et que Saint-Just a cru la réussir.

Ils avaient obtenu, ce qui paraissait le plus difficile, que Robespierre accepte de revenir siéger au Comité, ce qu'il fit le cinq thermidor. Barère, Billaud-Varenne et Saint-Just avaient convenu qu'on « crèverait l'abcès », qu'on s'expliquerait une bonne fois et tâcherait, sincèrement, de s'entendre.

Quoi qu'on ait pu dire après coup, il semble que la séance du Comité finit sans orage. Le malheur fut même qu'au lieu de crier trop, on ne cria pas assez. Les principaux antagonistes, Robespierre et Carnot, restèrent l'un et l'autre silencieux et réservés.

Saint-Just comptait sur Billaud pour interpeller Robespierre et lui permettre, à lui, Saint-Just, de faire le discours conciliateur qu'il avait préparé. Si Billaud avait déclaré à Robespierre : « Nous ne sommes pas d'accord sur la déchristianisation, sur l'Être Suprême… », Robespierre aurait vraisemblablement répliqué, et Saint-Just aurait pu dire : « Allons-nous porter la guerre au sein du gouvernement, pour rétablir la paix sur le parvis des églises ? » Un des abcès « était alors crevé ». Et si, comme l'espérait Saint-Just, Robespierre jetait un peu de lest, faisait sa paix avec Collot, Billaud et Barère, Carnot restait seul.

Mais la séance ne se déroula pas conformément à ce scénario. Billaud dit à Robespierre : « Nous sommes tes amis, nous avons marché ensemble », alors qu'il l'avait traité, la veille, de *Pisistrate.* « Ce déguisement fit tressaillir mon cœur », déclara Saint-Just. Oubliait-il que Robespierre s'était proclamé l'ami de Danton peu de jours avant de le faire décréter d'accusation ?

Billaud pouvait d'ailleurs répondre qu'il était en droit de varier sur Robespierre, suivant que celui-ci refusait ou acceptait de reprendre sa place au Comité. Ce fut probablement moins le « déguisement » que la défaillance de Billaud qui fit « tressaillir » Saint-Just.

En effet, au « nous sommes tes amis », Robespierre se contenta, semble-t-il, de répondre par un mot de politesse ou par un sourire pincé.

Saint-Just ne pouvait pas intervenir dans une discussion qui ne s'était pas ouverte, ni concilier des adversaires qui se taisaient.

Déconcerté, il parla des « censeurs », des « délégations patriotiques » qu'il voulait instituer, des réformes dont il rêvait. Et comme tout le monde avait reculé devant l'explication, chacun sortit, le cœur plein de méfiance.

La rupture n'était pas consommée, mais elle n'était que différée, la conciliation n'était même pas ébauchée.

Le vent restait quand même à l'accord. Barère, la plus mobile des girouettes, nous en est le plus sûr garant. Le Comité prouva d'ailleurs son désir de détente en confiant à Saint-Just le soin de lui faire un rapport sur la situation politique. On lui suggéra de ne pas parler de l'« Être Suprême » pour ne pas raviver les querelles.

Mais Robespierre, lui, regretta tout de suite la concession qu'il avait faite en reprenant contact avec le Comité. Il se crut joué par Carnot qui éloigna de Paris les canonniers, affaiblissant ainsi Hanriot. Que pensa-t-il de Saint-Just qui acceptait de ne pas parler, dans son rapport, de « l'Être Suprême », afin de plaire à Billaud, de ne pas incriminer Fouché afin de ménager Collot, qui semblait, en somme, trouver tout naturel que lui, Robespierre, cède tout, et les autres, rien ?

Car pour lui, sans doute, le fait essentiel, c'était qu'il avait fait un pas vers ses collègues, sans que ceux-ci en fassent un vers lui.

Il se vit seul, contre tous, avec sa vertu et Couthon. Saint-Just l'a probablement froissé. Après avoir eu si longtemps devant lui les attitudes du disciple admiratif, il semblait vouloir, malgré sa jeunesse, devenir un arbitre entre Robespierre et ses collègues. Peut-être Saint-Just avait-il pris, malgré lui, les airs supérieurs de l'homme qui revient du front. D'autre part, les rapports de Saint-Just avec Elisabeth Duplay – que Robespierre regardait comme une jeune sœur –, après avoir été très tendres (on les croyait fiancés), étaient devenus lointains. Ce changement dut l'inquiéter, le peiner aussi.

Saint-Just a dû manquer de naturel, au Comité, quand il fut décontenancé par Billaud. Robespierre le remarqua certainement, sans pouvoir en deviner les motifs ; il se demanda pourquoi Saint-Just se montrait si hésitant à engager contre leurs adversaires communs, le combat décisif, comme s'il craignait le triomphe de Robespierre autant que son échec. Au vrai, Saint-Just ne désirait ni l'un ni l'autre, mais la détente. Celle-ci supposait un minimum de confiance des adversaires dans les intermédiaires. Billaud avait perdu celle de Saint-Just, et il avait sans doute lui-même perdu celle de Robespierre.

Leur amitié était morte.

Il aurait fallu qu'elle fût intacte et bien forte pour que Robespierre ne lui en veuille pas d'avoir désapprouvé ses projets, de l'avoir entraîné au Comité et d'y avoir paru, non un ami fidèle ni même un allié sûr, mais un neutre, ambitieux de s'imposer comme juge. C'en était assez ! Robespierre ne l'écouterait plus, ni personne. Il avait été souple, les autres l'avaient humilié, dupé, isolé, en attendant de le perdre. Il revint à son premier propos, décida de déclencher son offensive à la Convention.

Pourtant, le six au soir, aux « Jacobins », comme on le priait de dénoncer les ennemis de la patrie, loin de le faire, il entra en fureur, exigea l'ajournement et l'obtint. Hésitait-il encore ? Flairait-il un piège ? Les Jacobins, eux aussi, l'avaient blessé en choisissant pour président un de ses ennemis. Sa décision, en tout cas, était prise. Il passa le plus clair de son temps à mettre au point le grand discours qu'il préparait depuis six semaines, et qu'il prononça le huit.

Échec a la convention. Huit thermidor

On explique toujours que son opération devait fatalement échouer, mais elle faillit réussir.

Le discours que tout le monde allait tant critiquer – Saint-Just le premier –, la Convention d'abord l'applaudit et en ordonna l'affichage.

Malraux dit que Robespierre était fou d'attaquer Carnot au lendemain de Fleurus. Mais l'attaque contre Carnot semble n'avoir soulevé aucune protestation.

Ce fut la réponse de Cambon qui s'avéra funeste. Or, Robespierre, précisément, se trouvait ici sur un terrain rebattu, mais solide. Il reprochait au ministre des Finances le renchérissement de la vie, la misère des retraités, des rentiers, le déséquilibre du budget, reproches qui valent toujours aux orateurs un succès facile, mais certain.

Cambon, néanmoins, fit tourner le vent. La phrase célèbre qu'il lança, tout de suite, avec furie : « Avant d'être déshonoré, je parlerai à la France ! » changea l'atmosphère de l'Assemblée.

Sa véhémence rappela aux Conventionnels que Robespierre n'était pas un simple député. Le gouvernement qu'il dénonçait – et qu'il détestait –, *il en faisait partie.* Cambon, en effet ne répondit pas : « Vous avez tort, vous vous trompez… » Il crie : « Vous critiquez, vous déplorez, vous gémissez, vous insinuez… Qui est donc le maître ? C'est vous ! Qui siège au Comité de Salut public, c'est-à-dire dans le Conseil du Gouvernement, et d'ailleurs le terrifie ? C'est vous ! Je n'y siège pas, moi, je ne suis qu'un technicien. Vous avez parlé comme si vous dépendiez de moi. C'est moi qui dépends de vous, et vous le savez ! »

Les députés s'aperçurent alors, avec épouvante, que Robespierre, en leur faisant voter l'affichage de son discours, venait de les dresser contre les Comités, *sans avoir lui-même rompu avec eux.* Il leur avait fait conspuer le gouvernement, dont les pouvoirs, depuis les décrets de prairial, étaient illimités. Il les avait compromis. Il pouvait même jouer de son succès à la Convention pour conclure avec ses collègues du Comité un accord nouveau que quelques-unes de leurs têtes à eux – lesquelles ? – scelleraient.

Précipitamment, ils revinrent sur leur vote, décrétèrent que le discours dont ils venaient de décider l'affichage, serait d'abord soumis à l'approbation des Comités. – « Eh quoi ? De mes ennemis ? » dit Robespierre. Ils n'écoutaient même plus, ne songeant qu'à eux. Il perdit pied.

Louis Barthou pensait que sa faute fut de n'avoir pas suffisamment « fait les couloirs ». L'expérience lui avait enseigné qu'un homme politique perd toujours, plus vite qu'il ne suppose, le contact du Parlement. Robespierre était longtemps resté sans aller à la Chambre. Le revirement bizarre, inopiné, dont il fut victime, semble indiquer un malentendu qui pouvait être évité. Il aurait triomphé jusqu'à la fin de la séance, s'il avait pu persuader la Convention qu'entre lui et les Comités, la rupture était vraiment consommée. Et il y serait peut-être parvenu, s'il s'en était expliqué avec plusieurs députés, un à un et de groupe en groupe. Le fait est, qu'après avoir été compris, ainsi qu'il l'avait escompté, il se heurta à la méfiance d'hommes qui, pensant comme lui, ne furent plus certains qu'il pensât comme eux.

Il triompha cependant, le soir du huit, aux « Jacobins ». Mais l'autorité même du club ne pouvait plus dissiper l'équivoque créée par la séance de la Convention. On avait vu que Robespierre n'y avait pas trouvé une majorité. Cette majorité, qui pouvait se flatter maintenant de la réunir ? Robespierre avait été désavoué, les Comités aussi. La Convention lui avait-elle reproché de les avoir attaqués, ou d'en faire partie ? Où était donc le gouvernement ? Où l'opposition ? Les députés, tremblants, ne couchaient plus chez eux. Ils ne se souciaient plus de la politique générale, de l'avenir, même proche, mais de leur sécurité immédiate. C'était l'heure des agents de Amar, Vadier, Fouché, Tallien, des dossiers de police qu'on entrouvre, des petits papiers qu'on sort, qu'on rentre, qu'on détruit, qu'on marchande.

Le dernier effort de Saint-Just

Saint-Just pourtant ne désespérait pas de rétablir la concorde au Comité.

La séance de la Convention ne le confirmait d'ailleurs que trop dans l'idée que c'était une folie, pour les membres du gouvernement, quels qu'ils soient, d'en appeler à l'Assemblée contre leurs collègues. Robespierre l'avait fait, contre son avis, et le regrettait sans doute.

Saint-Just désapprouvait son discours, mais comprenait qu'on l'avait exaspéré, le cinq thermidor, qu'il était lui-même pour quelque chose dans sa déception et son irritation.

Il ne suivit pas Robespierre aux « Jacobins » : après son discours à l'Assemblée, peu importait ce qu'il dirait ou ne dirait pas au club. Il choisit de rester au Comité, avec ses collègues, de préparer son propre discours, qui fut un chef-d'œuvre d'habileté.

Il continua de chercher le rapprochement, au moins avec Collot, Billaud, Barère. Il le croyait possible. Si, en effet, la réaction gagnait, les « Montagnards » de gauche, d'extrême gauche en seraient les premières victimes. Saint-Just s'obstine donc à vouloir rétablir une paix, même provisoire, avec eux sinon avec Carnot.

Peut-être y serait-il parvenu s'il n'avait été desservi par le hasard. Aux « Jacobins », Robespierre continuait d'attaquer avec véhémence ses collègues. Le secrétaire de Saint-Just se trouvait dans la salle, il acclama Robespierre, comme tout le monde. Collot, à qui un de ses agents le rapporta, s'effraya, se crut dupé par Saint-Just, le soupçonna de vouloir l'amuser par des négociations trompeuses, quand il était d'accord avec Robespierre, pour le perdre. Certains racontent que Collot se précipita sur lui afin de le fouiller, de voir le manuscrit, au moins les notes de son discours. – « Quelqu'un, cette nuit, a flétri mon cœur ! » dira Saint-Just.

En effet ! il avait passé la nuit au Comité pour montrer à ses collègues qu'il ne se séparait pas d'eux, et voilà qu'excités par Collot, ils s'imaginaient qu'il les espionnait, les bernait, pendant qu'aux « Jacobins » Robespierre poursuivait contre eux son agression. La veille encore, ils étaient disposés à prendre Saint-Just pour médiateur, maintenant ils le regardent comme leur ennemi le plus perfide.

Tout était fini. À cinq heures du matin, Saint-Just plia ses papiers et sortit.

Sa situation était encore pire que celle de Robespierre. Car Robespierre, au moins, voulait l'épuration du Comité ; le combat qu'il livrait était douteux, mais son but restait clair.

Tandis que Saint-Just avait toujours voulu concilier Robespierre et ses collègues, sans rompre ni avec eux ni avec lui, il se voyait à présent rejeté par ceux-ci et suspect à celui-là.

Il devait, il allait parler, lire à la Convention le rapport dont il avait été chargé, et que la discorde, la violence, les soupçons injurieux de ses collègues l'avaient empêché de leur montrer. Le rapport était excellent, propre à tout apaiser. Mais la peur, la haine, l'intrigue, la confusion rendaient l'atmosphère si trouble que les mots les plus simples, les idées les plus nettes subissaient d'incompréhensibles déformations.

Peu importait aux députés le contenu du discours, la question était de savoir à quel titre Saint-Just parlait. Comme membre du gouvernement, ou comme adversaire du gouvernement? Au nom du Comité? Au nom de Robespierre? Si Saint-Just avait dit : « Je parle au nom du gouvernement », on l'aurait écouté avec respect et sans doute acclamé, car la Chambre n'était plus qu'un gros animal terrifié.

Mais pour les Conventionnels, il n'y avait qu'une question : « Vais-je être tué? Quand? Par qui? Comment ne pas l'être? » Et il y avait un fait essentiel : Robespierre avait dénoncé Cambon. Cambon avait injurié Robespierre et n'en restait pas moins ministre des Finances.

A Saint-Just, au pis-aller, on pourrait toujours dire : « Pardon! nous n'avions pas compris. Que n'avez-vous déclaré : Le Comité? Je n'en fais plus partie, je l'ai quitté. Comment l'aurions-nous condamné, renversé, puisque vous ne nous le demandiez pas et que vous y siégiez? »

C'est sans doute ce qui surexcita la panique jusqu'à la folie et produisit un bouleversement des valeurs tel, qu'un Tallien, dont la bassesse était patente, parvint à faire taire le héros de Fleurus.

Car Saint-Just reste muet, blême, lui qui, peu de jours avant, chargeait les Autrichiens, qui, quatre jours plus tôt, semblait en passe de devenir l'arbitre du Comité, le futur maître de la France I Mais quoi? Bonaparte, le dix-huit brumaire, n'a pas été moins déconcerté par les hurlements des Cinq-Cents, que Saint-Just par les vociférations grotesques de Tallien brandissant son poignard de mélodrame. Il n'avait pas de Lucien Bonaparte pour le sauver. Totalement seul, envahi par le dégoût et le sentiment de l'absurde.

Assurément, tout était absurde : les Montagnards qui, voulant éviter la réaction, la déchaînaient, les modérés qui acclamaient les anciens hébertistes, sauvaient les noyeurs de Nantes et les bouchers de Lyon, les Girondins unis aux tortionnaires des leurs. Et plus que tous, Robespierre, qui avait stupidement ressuscité cette assemblée affreuse, et se laissait tuer par elle.

Pour s'accrocher, coûte que coûte, à ce monde désespérant, Saint-Just méprisait trop la vie. Il s'enferma dans son silence comme dans un premier linceul, fixant le point mystérieux où la volonté et la fatalité se rejoignent. Il ne parla plus, même dans la charrette qui le mena à l'échafaud, et il ne dit pas adieu à ceux qui moururent avec lui.

La fin de Robespierre

Quant à Robespierre, il vit jusqu'au bout le vaudeville sinistre que seule sa mort transforme en tragédie. Il ne renonce pas à la lutte, mais il ne veut pas être mis hors la loi. Il n'oppose aucune résistance au Comité de Police qui le dirige sur le Luxembourg. Le concierge lui en refuse l'entrée – suivant les ordres du Conseil Général. On mène donc Robespierre à la mairie. Il eût certainement préféré la prison. Il refuse de se rendre à l'Hôtel de Ville où ses partisans rassemblent la troupe de leurs émeutiers, contre la Convention. Coffinhal et Hanriot l'y trament de force : pour le peuple, l'insurrection est un droit, mais évidemment, il pense que, chez un accusé, elle devient rébellion.

Aussi bien, il était mal doué pour les coups d'État : il avait Bonaparte parmi ses partisans, et c'est sur Hanriot qu'il avait compté !

On dispute encore si la balle de pistolet qui fracassa sa mâchoire, fut tirée par lui-même ou par le gendarme Méda, comme on dispute si son frère Bonbon s'est jeté lui-même du toit de l'Hôtel de Ville, ou si on l'en a précipité.

Du moins dans le désastre, dans l'humiliation, dans la souffrance de sa bouche bâillonnée et blessée, sa gloire est sauve. Elle devait encore grandir. Il restait le symbole de la Révolution que, probablement, il voulait terminer.

Peu importe si les « bras nus » ont pu croire, et non sans motifs, qu'il les avait trahis, si certains lui reprochent encore la liquidation des « Enragés », comme M. Aulard lui avait reproché celle des dantonistes ! Au jour suprême, les contre-révolutionnaires les plus convaincus lui ont préféré les terroristes les plus violents, les plus atroces. Il les effrayait plus que Fouché.

Peut-être, s'il avait triomphé, serait-il devenu lui-même le chef des thermidoriens. *Mais qu'il ait envisagé, désiré, préparé la réaction, ne saurait prévaloir sur le fait qu'il en fut la victime.* Elle se déchaîna dès sa mort, comme si elle avait attendu, pour paraître, qu'il ait disparu. Dominé par sa propre image, comment celle-ci ne dominerait-elle pas ses biographes passés, présents et futurs ?

Certes, s'il avait gagné la bataille parlementaire qu'il a perdue, s'il avait fait guillotiner, comme il voulait, les « Montagnards » de gauche, il aurait été bien obligé, bon gré, mal gré, de faire une politique de droite. Il le savait sans doute.

Mais certainement, il n'aurait pas permis que s'étale dans Paris l'insolence des « corrompus », et que madame Tallien règne sur un peuple de filles. La réaction a plusieurs visages. Robespierre vivant, on n'aurait pas revu celui de Turcaret, mais peut-être celui de Tartufe.

On ne peut pas dire que sa mort ait mis fin au règne du « peuple ». Il était déjà fini. Et de toute manière, il allait finir.

Mais on peut dire qu'avec lui sont mortes les dernières chances de la paix. Car c'est, en définitive, Carnot et le parti de la guerre qui ont profité, pour l'abattre, de ses dissentiments avec Collot, avec les terroristes, avec les déchristianisateurs, avec les anciens amis de Danton, d'Hébert, de Jacques Roux, avec les ouvriers parisiens excédés du *foutu maximum.* Et c'est sa méfiance des militaires et des émeutiers para-militaires qui l'a désarmé, la nuit du neuf thermidor, devant des troupes guère plus fortes que les siennes sans doute. Il est naturel que dans les combats, les pacifistes soient battus.

TABLE

Dans la collection Les Cahiers Rouges

Andreas-Salomé Lou : *Friedrich Nietzsche à travers ses œuvres*
Anthologie : *Napoléon raconté par ceux qui l'ont connu*
Arbaud Joseph d' : *La Bête du Vaccarès*
Audiberti Jacques : *Les Enfants naturels ▪ L'Opéra du monde*
Audoux Marguerite : *Marie-Claire suivi de l'Atelier de Marie-Claire*
Augiéras François : *L'Apprenti sorcier ▪ Domme ou l'essai d'occupation ▪ Un voyage au mont Athos ▪ Le Voyage des morts*
Aymé Marcel : *Clérambard ▪ Vogue la galère*
Barbey d'Aurevilly Jules : *Les Quarante médaillons de l'Académie*
Baudelaire Charles : *Lettres inédites aux siens*
Bayon : *Haut fonctionnaire*
Bazin Hervé : *Vipère au poing*
Beck Béatrix : *La Décharge ▪ Josée dite Nancy*
Becker Jurek : *Jakob le menteur*
Beerbohm Max : *L'Hypocrite heureux*
Begley Louis : *Une éducation polonaise*
Benda Julion : *Tradition de l'existentialisme ▪ La Trahison des clercs*
Berger Yves : *Le Sud*
Berl Emmanuel : *La France irréelle ▪ Méditation sur un amour défunt ▪ Rachel et autres grâces ▪ Les Impostures de l'histoire*
Berl Emmanuel, **Ormesson** Jean d' : *Tant que vous penserez à moi*
Bernard Tristan : *Mots croisés*
Besson Patrick : *Les Frères de la consolation*
Bibesco Princesse : *Catherine-Paris ▪ Le Confesseur et les poètes*
Bierce Ambrose : *Histoires impossibles ▪ Morts violentes*
Bodard Lucien : *La Vallée des roses*
Bosquet Alain : *Une mère russe*
Brenner Jacques : *Les Petites filles de Courbelles*
Breton André, **Deharme** Lise, **Gracq** Julien, **Tardieu** Jean : *Farouche à quatre feuilles*
Brincourt André : *La Parole dérobée*
Bukowski Charles : *Au sud de nulle part ▪ Factotum ▪ L'amour est un chien de l'enfer t1 ▪ L'amour est un chien de l'enfer t2 ▪ Le Postier ▪ Souvenirs d'un pas grand-chose ▪ Women ▪ Contes de la folie ordinaire ▪ Hollywood ▪ Je t'aime, Albert ▪ Journal d'un vieux dégueulasse*
Burgess Anthony : *Pianistes ▪ Mais les blondes préfèrent-elles les hommes ?*
Butor Michel : *Le Génie du lieu*
Caldwell Erskine : *Une lampe, le soir…*
Calet Henri : *Contre l'oubli ▪ Le Croquant indiscret*
Capote Truman : *Prières exaucées*
Carossa Hans : *Journal de guerre*
Cendrars Blaise : *Hollywood, La Mecque du cinéma ▪ Moravagine ▪ Rhum, l'Aventure de Jean Galmot ▪ La Vie dangereuse*
Cézanne Paul : *Correspondance*
Chamson André : *L'Auberge de l'abîme ▪ Le Crime des justes*
Chardonne Jacques : *Ce que je voulais vous dire aujourd'hui ▪ Claire ▪ Lettres à Roger Nimier ▪ Propos comme ça ▪ Les Varais ▪ Vivre à Madère*
Charles-Roux Edmonde : *Stèle pour un bâtard*
Châteaubriant Alphonse de : *La Brière*
Chatwin Bruce : *En Patagonie ▪ Les Jumeaux de Black Hill ▪ Utz ▪ Le Vice-roi de Ouidah ▪ Le Chant des pistes*
Chessex Jacques : *L'Ogre*
Claus Hugo : *La Chasse aux canards*

Cocteau *Jean : La Corrida du 1er mai* ▪ *Les Enfants terribles* ▪ *Essai de critique indirecte* ▪ *Journal d'un inconnu* ▪ *Lettre aux Américains* ▪ *La Machine infernale* ▪ *Portraits-souvenir* ▪ *Reines de la France*
Combescot *Pierre : Les Filles du Calvaire*
Consolo *Vincenzo : Le Sourire du marin inconnu*
Cowper Powys *John : Camp retranché*
Curtis *Jean-Louis : La Chine m'inquiète*
Dali *Salvador : Les Cocus du vieil art moderne*
Daudet *Léon : Les Morticoles* ▪ *Souvenirs littéraires*
Degas *Edgar : Lettres*
Delteil *Joseph : Choléra* ▪ *La Deltheillerie* ▪ *Jeanne d'Arc* ▪ *Jésus II* ▪ *Lafayette* ▪ *Les Poilus* ▪ *Sur le fleuve Amour*
Desbordes *Jean : J'adore*
Dhôtel *André : Le Ciel du faubourg* ▪ *L'Île aux oiseaux de fer*
Dickens *Charles : De grandes espérances*
Donnay *Maurice : Autour du chat noir*
Doubrovsky *Serge : Le Livre brisé*
Dreyfus *Robert : Souvenirs sur Marcel Proust*
Dumas *Alexandre : Catherine Blum* ▪ *Jacquot sans Oreilles*
Eco *Umberto : La Guerre du faux*
Ellison *Ralph : Homme invisible, pour qui chantes-tu ?*
Fallaci *Oriana : Un homme*
Fernandez *Dominique : Porporino ou les mystères de Naples* ▪ *L'Étoile rose*
Fernandez *Ramon : Messages* ▪ *Molière ou l'Essence du génie comique* ▪ *Proust* ▪ *Philippe Sauveur*
Ferreira de Castro *A. : Forêt vierge* ▪ *La Mission* ▪ *Terre froide*
Fitzgerald *Francis Scott : Gatsby le Magnifique* ▪ *Un légume*
Fouchet *Max-Pol : La Rencontre de Santa Cruz*
Fourest *Georges : La Négresse blonde* suivie de *Le Géranium Ovipare*
Frank *Bernard : Le Dernier des Mohicans*
Freustié *Jean : Le Droit d'aînesse* ▪ *Proche est la mer*
Frisch *Max : Stiller*
Funck-Brentano *Frantz : La Cour du Roi-Soleil*
Gadda *Carlo Emilio : Le Château d'Udine*
Galey *Matthieu : Les Vitamines du vinaigre*
Gallois *Claire : Une fille cousue de fil blanc*
García Márquez *Gabriel : L'Automne du patriarche* ▪ *Chronique d'une mort annoncée* ▪ *Des feuilles dans la bourrasque* ▪ *Des yeux de chien bleu* ▪ *Les Funérailles de la Grande Mémé* ▪ *L'Incroyable et triste histoire de la candide Erendira et de sa grand-mère diabolique* ▪ *La Mala Hora* ▪ *Pas de lettre pour le colonel* ▪ *Récit d'un naufragé*
Garnett *David : La Femme changée en renard*
Gauguin *Paul : Lettres à sa femme et à ses amis*
Genevoix *Maurice : La Boîte à pêche* ▪ *Raboliot*
Ginzburg *Natalia : Les Mots de la tribu*
Giono *Jean : Colline* ▪ *Jean le Bleu* ▪ *Mort d'un personnage* ▪ *Naissance de l'Odyssée* ▪ *Que ma joie demeure* ▪ *Regain* ▪ *Le Serpent d'étoiles* ▪ *Un de Baumugnes* ▪ *Les Vraies richesses*
Girard *René : Mensonge romantique et vérité romanesque*
Giraudoux *Jean : Adorable Clio* ▪ *Bella* ▪ *Eglantine* ▪ *Lectures pour une ombre* ▪ *La Menteuse* ▪ *Siegfried et le Limousin* ▪ *Supplément au voyage de Cook* ▪ *La guerre de Troie n'aura pas lieu*
Glaeser *Ernst : Le Dernier civil*
Gordimer *Nadine : Le Conservateur*
Goyen *William : Savannah*
Groult *Benoîte : Ainsi soit-elle*
Guéhenno *Jean : Changer la vie*
Guilbert *Yvette : La Chanson de ma vie*
Guilloux *Louis : Angélina* ▪ *Dossier confidentiel* ▪ *Hyménée* ▪ *La Maison du peuple*

Gurgand Jean-Noël : *Israéliennes*
Haedens Kléber : *Adios* ▪ *L'Été finit sous les tilleuls* ▪ *Magnolia-Jules/L'Ecole des parents* ▪ *Une histoire de la littérature française*
Halévy Daniel : *Pays parisiens*
Hamsun Knut : *Au pays des contes* ▪ *Vagabonds*
Heller Joseph : *Catch 22*
Hémon Louis : *Battling Malone, pugiliste* ▪ *Monsieur Ripois et la Némésis* ▪ *Maria Chapdelaine*
Herbart Pierre : *Histoires confidentielles*
Hesse Hermann : *Siddhartha*
Ingres : *Écrits sur l'art*
Isherwood Christopher : *Adieu à Berlin* ▪ *Mr Norris change de train* ▪ *La Violette du Prater* ▪ *Un homme au singulier*
Istrati Panaït : *Les Chardons du Baragan*
James Henry : *Les Journaux*
Jardin Pascal : *Guerre après guerre* suivi de *La Guerre à neuf ans*
Jarry Alfred : *Les Minutes de Sable mémorial*
Jouhandeau Marcel : *Les Argonautes* ▪ *Elise architecte*
Jullian Philippe, **Minoret** Bernard : *Les Morot-Chandonneur*
Jünger Ernst : *Rivarol et autres essais* ▪ *Le Contemplateur solitaire*
Kafka Franz : *Journal* ▪ *Tentation au village*
Kessler Comte : *Cahiers, 1918-1937*
Kipling Rudyard : *Souvenirs de France*
Klee Paul : *Journal*
La Varende Jean de : *Le Centaure de Dieu*
La Ville de Mirmont Jean de : *L'Horizon chimérique*
Lanoux Armand : *Maupassant, le Bel-Ami*
Laurent Jacques : *Croire à Noël* ▪ *Le Petit Canard* ▪ *Les sous-ensembles flous* ▪ *Les dimanches de Mademoiselle Beaunon*
Le Golif Louis-Adhémar-Timothée : *Cahiers de Louis-Adhémar-Timothée Le Golif, dit Borgnefesse, capitaine de la flibuste*
Léautaud Paul : *Bestiaire*
Lenotre G. : *Napoléon – Croquis de l'épopée* ▪ *La Révolution par ceux qui l'ont vue* ▪ *Sous le bonnet rouge* ▪ *Versailles au temps des rois*
Levi Primo : *La Trêve*
Levin Hanokh : *Popper*
Lilar Suzanne : *Le Couple*
Loos Adolf : *Comment doit-on s'habiller ?*
Lowry Malcolm : *Sous le volcan*
Mac Orlan Pierre : *Marguerite de la nuit*
Maeterlinck Maurice : *Le Trésor des humbles*
Maïakowski Vladimir : *Théâtre*
Mailer Norman : *Les Armées de la nuit* ▪ *Pourquoi sommes-nous au Vietnam ?* ▪ *Un rêve américain*
Maillet Antonine : *Les Cordes-de-Bois* ▪ *Pélagie-la-Charrette*
Malaparte Curzio : *Technique du coup d'État* ▪ *Le bonhomme Lénine*
Malerba Luigi : *Saut de la mort* ▪ *Le Serpent cannibale*
Mallea Eduardo : *La Barque de glace*
Malraux André : *La Tentation de l'Occident*
Malraux Clara : *...Et pourtant j'étais libre* ▪ *Nos vingt ans*
Mann Heinrich : *Professeur Unrat l'Ange bleu* ▪ *Le Sujet !* ▪ *Le Sujet de l'empereur*
Mann Klaus : *La Danse pieuse* ▪ *Mephisto* ▪ *Symphonie pathétique* ▪ *Le Volcan*
Mann Thomas : *Altesse royale* ▪ *Les Maîtres* ▪ *Mario et le magicien* ▪ *Sang réservé*
Mauriac Claude : *André Breton* ▪ *Aimer de Gaulle*
Mauriac François : *Les Anges noirs* ▪ *Les Chemins de la mer* ▪ *Le Mystère Frontenac* ▪ *La Pharisienne* ▪ *La Robe prétexte* ▪ *Thérèse Desqueyroux* ▪ *De Gaulle*
Mauriac Jean : *Mort du général de Gaulle*

Maurois André : *Ariel ou la Vie de Shelley* ▪ *Le Cercle de famille* ▪ *Choses nues* ▪ *Don Juan ou la Vie de Byron* ▪ *René ou la Vie de Chateaubriand* ▪ *Les Silences du colonel Bramble* ▪ *Tourguéniev* ▪ *Voltaire*
Mistral Frédéric : *Mireille/Mirèio*
Monnier Thyde : *La Rue courte*
Monzie Anatole de : *Les Veuves abusives*
Moore George : *Mémoires de ma vie morte*
Morand Paul : *Air indien* ▪ *Bouddha vivant* ▪ *Champions du monde* ▪ *L'Europe galante* ▪ *Lewis et Irène* ▪ *Magie noire* ▪ *Rien que la terre* ▪ *Rococo*
Mutis Alvaro : *La Dernière Escale du tramp steamer* ▪ *Ilona vient avec la pluie* ▪ *La Neige de l'Amiral* ▪ *Abdul Bashur* ▪ *Le dernier visage* ▪ *Le rendez-vous de Bergen*
Nabokov Vladimir : *Chambre obscure*
Nadolny Sten : *La Découverte de la lenteur*
Naipaul V.S. : *Le Masseur mystique* ▪ *Crépuscule sur l'islam* ▪ *Jusqu'au bout de la foi* ▪ *L'Énigme de l'arrivée* ▪ *La Moitié d'une vie* ▪ *Les Hommes de paille*
Némirovsky Irène : *L'Affaire Courilof* ▪ *Le Bal* ▪ *David Golder* ▪ *Les Mouches d'automne précédé de La Niania et Suivi de Naissance d'une révolution*
Nerval Gérard de : *Poèmes d'Outre-Rhin*
Nicolson Harold : *Journal 1936-1942*
Nizan Paul : *Antoine Bloyé*
Nourissier François : *Un petit bourgeois*
Nucéra Louis : *Mes ports d'attache*
Obaldia René de : *Le Centenaire* ▪ *Innocentines* ▪ *Exobiographie*
Pange Pauline de : *Comment j'ai vu 1900* ▪ *Confidences d'une jeune fille*
Peisson Edouard : *Hans le marin* ▪ *Le Pilote* ▪ *Le Sel de la mer*
Penna Sandro : *Poésies* ▪ *Un peu de fièvre*
Peyré Joseph : *L'Escadron blanc* ▪ *Matterhorn* ▪ *Sang et Lumières*
Philippe Charles-Louis : *Bubu de Montparnasse*
Pieyre de Mandiargues André : *Le Belvédère* ▪ *Deuxième Belvédère* ▪ *Feu de Braise*
Ponchon Raoul : *La Muse au cabaret*
Poulaille Henry : *Pain de soldat* ▪ *Le Pain quotidien*
Privat Bernard : *Au pied du mur*
Proulx Annie : *Cartes postales* ▪ *Nœuds et dénouement* ▪ *Les pieds dans la boue*
Proust Marcel : *Albertine disparue*
Radiguet Raymond : *Le Diable au corps* suivi de *Le Bal du comte d'Orgel* ▪ *Les joues en feu*
Ramuz Charles-Ferdinand : *Aline* ▪ *Derborence* ▪ *Le Garçon savoyard* ▪ *La Grande Peur dans la montagne* ▪ *Jean-Luc persécuté* ▪ *Joie dans le ciel*
Reboux Paul et **Muller** Charles : *A la manière de...*
Revel Jean-François : *Sur Proust*
Richaud André de : *L'Amour fraternel* ▪ *La Barette rouge* ▪ *La Douleur* ▪ *L'Etrange Visiteur* ▪ *La Fontaine des lunatiques*
Rilke Rainer-Maria : *Lettres à un jeune poète*
Rivoyre Christine de : *Boy* ▪ *Le Petit matin*
Robert Marthe : *L'Ancien et le Nouveau*
Rochefort Christiane : *Archaos* ▪ *Printemps au parking* ▪ *Le Repos du guerrier*
Rodin Auguste : *L'Art*
Rondeau Daniel : *L'Enthousiasme*
Roth Henry : *L'Or de la terre promise*
Rouart Jean-Marie : *Ils ont choisi la nuit*
Rutherford Mark : *L'Autobiographie de Mark Rutherford*
Sachs Maurice : *Au temps du Bœuf sur le toit*
Sackville-West Vita : *Au temps du roi Edouard*
Sainte-Beuve : *Mes chers amis...*
Sainte-Soline Claire : *Le Dimanche des rameaux*
Saint Jean Robert de : *Journal d'un journaliste*
Schneider Peter : *Le Sauteur de mur*
Schoendoerffer Pierre : *L'Adieu au roi*

Sciascia Leonardo : *L'Affaire Moro* ▪ *Du côté des infidèles* ▪ *Pirandello et la Sicile*
Semprun Jorge : *Quel beau dimanche*
Serge Victor : *Les Derniers temps* ▪ *S'il est minuit dans le siècle*
Sieburg Friedrich : *Dieu est-il Français ?*
Silone Ignazio : *Fontarama* ▪ *Le Secret de Luc* ▪ *Une poignée de mûres*
Soljenitsyne Alexandre : *L'Erreur de l'Occident*
Soriano Osvaldo : *Jamais plus de peine ni d'oubli* ▪ *Je ne vous dis pas adieu...* ▪ *Quartiers d'hiver*
Soupault Philippe : *Poèmes et poésies*
Stéphane Roger : *Chaque homme est lié au monde* ▪ *Portrait de l'aventurier*
Suarès André : *Vues sur l'Europe*
Teilhard de Chardin Pierre : *Ecrits du temps de la guerre 1916-1919* ▪ *Genèse d'une pensée* ▪ *Lettres de voyage*
Theroux Paul : *La Chine à petite vapeur* ▪ *Patagonie Express* ▪ *Railway Bazaar* ▪ *Voyage excentrique et ferroviaire autour du Royaume-Uni*
Twain Marc : *Quand Satan raconte la terre au Bon Dieu*
Vailland Roger : *Bon pied bon œil* ▪ *Les Mauvais coups* ▪ *Le Regard froid* ▪ *Un jeune homme seul*
Van Gogh Vincent : *Lettres à son frère Théo* ▪ *Lettres à Van Rappard*
Vasari Giorgio : *Vies des artistes* ▪ *Vies des artistes, II*
Vercors : *Sylva*
Verlaine Paul : *Choix de poésies*
Vitoux Frédéric : *Bébert, le chat de Louis Fordinand Céline*
Vollard Ambroise : *En écoutant Cézanne, Degas, Renoir*
Vonnegut Kurt : *Galápagos* ▪ *Barbe-Bleue*
Wassermann Jakob : *Gaspard Hauser*
Webb Mary : *Sarn*
White Kenneth : *Lettres de Gourgounel* ▪ *Terre de diamant*
Whitman Walt : *Feuilles d'herbe*
Wilde Oscar : *Aristote à l'heure du thé* ▪ *L'Importance d'être Constant*
Wittig Monique et **Zeig** Sande : *Brouillon pour un dictionnaire des amantes*
Wolfromm Jean-Didier : *Diane Lanster* ▪ *La Leçon inaugurale*
Zola Émile : *Germinal*
Zola Émile, **Alexis** Paul, **Céard** Henry, **Hennique** Léon, **Huysmans** JK, **Maupassant** Guy de : *Les Soirées de Médan*
Zweig Stefan : *Brûlant secret* ▪ *Le Chandelier enterré* ▪ *Erasme* ▪ *Fouché* ▪ *Marie Stuart* ▪ *Marie-Antoinette* ▪ *La Peur* ▪ *La Pitié dangereuse* ▪ *Souvenirs et rencontres* ▪ *Un caprice de Bonaparte*

Cet ouvrage a été imprimé en France
par CPI Bussière
à Saint-Amand-Montrond (Cher)
en octobre 2014

Composition réalisée par Belle Page

N° d'Édition : 18572 N° d'Impression :
Dépôt légal : octobre 2014.

www.ingramcontent.com/pod-product-compliance
Lightning Source LLC
LaVergne TN
LVHW021948220826
846091LV00015B/4126